운 좋은 사람이
사주 좋은 사람
이긴다

●
◕
◑
◔
○

운 좋은 사람이
사주 좋은 사람
이긴다

초판 1쇄 발행 2018년 4월 30일

지은이 서익천
발행인 송현옥
편집인 옥기종
펴낸곳 도서출판 더블:엔
출판등록 2011년 3월 16일 제2011-000014호

주소 서울시 강서구 마곡서1로 132, 301-901
전화 070_4306_9802
팩스 0505_137_7474
이메일 double_en@naver.com

ISBN 978-89-98294-40-3 (03800)

  '열정과 즐거움이 넘치는 책'을 만드는 도서출판 더블:엔은 독자 여러분의 원고 투고를 환영합니다.
  아이디어 또는 원고를 갖고 계신 분은 출간의도와 원고 일부, 연락처를 이메일 double_en@naver.com으로 보
  내주세요. 즐거운 마음으로 기다리고 있겠습니다.

운 좋은 사람이 사주 좋은 사람 이긴다

현담 서익천 지음

더블:엔

머리말

완벽한 사주팔자란 없다

성공한 사람들은 운이 좋았다?

살다 보면 하는 일마다 잘 풀리는 운 좋은 날도 있고 분명히 잘될 것 같은 일이었는데도 악연과 부딪쳐 망가지기도 한다. 열심히 노력한다고 해서 누구나 원하는 것을 얻고 성공하는 건 아니다. 최선을 다하는 것 외에 '천명'을 기다릴 줄도 알아야 한다.

우리의 행동에 영향을 미치는 하나하나의 움직임은 모두 우주 기운의 운행과 맞닿아 있다. 더우면 얇게 입고 추우면 두껍게 입는 것, 흐린 날이면 우울해지고 맑은 날이면 기분이 좋아지곤 하는 것도 같은 맥락이다. 성공한 사람들은 "운이 좋았다"고들 말한다. 그들의 삶과 생각이 겸허해서이기도 하겠지만 자신의 한계를 지원하는 무언의 작용이 있음을 뜻하는 대목이다. 운이란 그런 것이다. 같은 노력을 해도 환경이 그에게 우호적인가 아닌가에 따라 결과가 많이 달라지는데 이러한 운의 영향을 미리 예측하기 위한 수단이 바로 '명리학'이다.

명리학은 수많은 성공과 실패 사례를 분석하여 운의 변화에 따른 인간의 길흉화복을 예측하는 학문이자, '추길피흉'하기 위해 천기(우주

변화의 기운)를 인간에 적용하여 개인의 운을 연구해 왔던 학문이다.

운을 모르고 어떤 일을 행하는 것은 앞을 보지 못하는 사람이 지팡이 없이 길을 나서는 것과 마찬가지다. 지팡이가 있다고 해서 모든 위험에서 벗어날 수 있는 것은 아니지만 지팡이는 나를 보호해주는 최소한의 장비이며, 그로 인해 다른 사람들과의 충돌에서 벗어날 수 있고 다가오는 더 큰 위험으로부터 피할 수 있다.

"세상 모든 것은 영원할 수 없고, 순환한다"는 음양오행의 원리는 진리이다. 명리학을 공부하다 보면 세상사 모든 원인은 다 자신에게 있으며 길흉화복의 그릇이 정해져 있음을 알게 된다. 탐욕과 이기심이 삶을 피폐하게 만들고, 사람에게서 받는 스트레스도 결국 나 자신의 욕심에서 비롯, 자기통제가 되지 않아서인 경우가 대부분이다.

사람은 태어날 때 그릇의 크기가 정해진다. 나의 그릇을 알고 하늘의 뜻을 알면 무리한 욕심에서 벗어날 수 있다. 작은 그릇에 너무 많은 것을 담으려 하면 넘치게 되고 주변에 피해를 주게 된다. 보다 안정적이고 효율적인 의사결정의 한 수단으로 명리학의 지혜를 활용하는 것도 좋은 방법이다.

명리학, 어디까지 믿을 수 있나

우리가 어떤 영역에 신뢰를 갖게 되는 경우, 그것은 단순히 학문의 깊이나 지식의 많고 적음에 크게 영향을 받지 않는다. 종교로 보면 학식이 높은 지식인부터 시골 농노에 이르기까지 모두 같은 교리를 통해 위안을 받는다. 명리학도 예전에는 시골 노인들이 신수나 보고 자식의 결혼 여부를 물어보던 정도의 기능을 했지만 이제는 젊은 지식인들이 불확실한 장래에 대한 궁금증을 풀기 위해 선현들의 지혜에서 답을 구하고자 하는 관심의 대상이 되고 있다.

젊은 부부가 결혼 전에 사주를 보기도 하고, 아이 이름을 지으러 작명소에 가기도 한다. 이는 미지의 세계에서 함부로 행하는 것에 대한 경계이며 불확실성에 대비하는 안전 담보, 즉 보험과 같은 투자이다. 소정의 비용을 지급하더라도 마음의 평화를 가질 수 있다면, 이를 통해 알 수 없는 미래가 잘 풀리기를 소원하는 소박한 바람일 것이다.

힘든 일이 있거나 고난이 닥쳐 왔을 때 술사에게 상담하며 위안을 받고 마음이 평안해질 수 있다면 그 비용이 병원에 지불하는 심리치료 비용과 무엇이 다르겠는가?

명리학에서 주장하는 사주팔자와 운은 본인의 의지와 관계없이 주어지는 선천적 환경이다. 후천적 환경을 포함하여 사람의 운명을 결정짓고 영향을 주는 요소는 매우 다양하다. 요즘 같이 삶의 변수가 많은 시대에 선천적 운명 결정 요소인 사주팔자로 인간사의 답을 구하려 드는 것은 그 자체로 모순이지만 명리학이 인간운명 연구에 지대한 영향을 미쳐왔고, 운을 개선하거나 삶의 가치를 높일 수 있는 선택을 함에 있어 여러 방면에서 많은 도움을 주었던 점은 부정할 수 없다. 그리고 선천적 환경이 다소 부족할지라도 후천적 노력으로 운을 개선시킬 수 있는 환경과 영향력이 과거보다 훨씬 커졌다.

완벽한 사주팔자는 없다

완벽한 사주를 갖고 태어나는 사람은 없다.(신사임당도 자식복과 남편복을 다 갖지는 못했다) 인간의 삶의 완성도를 100%라고 보면 태어나면서 부여받는 선천운인 사주팔자의 영향이 약 40%, 환경적 요소인 후천운은 30%, 인간이 살아가면서 만들어가는 '운'이 30% 정도 된다. 사주가 좋으면 더욱 발전시키고 사주가 좋지 않으면 좋은 운이 왔을 때 잘 잡으면 된다.

아무리 나쁜 팔자를 타고나고 운이 좋지 않더라도 어떤 선택을 하느냐에 따라 운이 개선되고 행복해질 수 있다. 풍수지리에 의한 주거환경 개선, 운에 좋은 영향을 주는 작명 등 후천적인 노력으로 운을 개선하는 사례들을 참고하면서 개운의 의지를 가지고 노력하면 충분히 잘 살 수 있다.

사주에 영향을 주는 요소로, 조상의 음덕과 산천정기가 좋은 곳도 들 수 있는데 명리 고전 중 하나인《적천수》에는 이런 내용이 기록되어 있다.

"사주가 남보다 뛰어난 곳이 없어도 이름과 벼슬이 무리 가운데 탁월한 경우가 있는데 이럴 때는 '세덕지미악'이라 하여 조상이 대대로 쌓아온 덕이 아름다운지 추한지를 보고 그 다음으로는 '산천지영수'라 하여 그 사람이 태어난 산천의 정기가 빼어났는지를 논해야 하며 산천의 정기가 빼어난 곳에서 태어나고 조상 대대로 덕을 쌓은 경우는 사주를 논하지 않는다."

그렇다면, 사주팔자가 좋지 않을 경우에는 선현의 말씀대로 산천지기가 좋은 곳에 살면서 덕행을 쌓는 것이 운을 개선하는 방법이 아닐까 생각한다.

역학에 관한 전문서가 많이 나와 있고 관련 시장도 넓지만 이 사주명리학을 공부하기엔 기존 서적이 너무 어렵고 일관성이 없다 보니 중도에 포기하는 사람들이 많다. 제도권의 인정을 받지 못하니 일부 고수들을 제외하고는 술사들의 밥벌이 수단으로 전락, 서민의 애환을 달래는 길거리 학문으로만 비치는 것은 안타까울 따름이다. 이에 대중이 쉽게 즐길 수 있는 쉬운 역학, 일반상식으로도 함께 공부해볼 수 있는 재미있는 역학서적을 만들어보고 싶었다. 필자가 명리학을 전부 이해해서도 아니고 짧은 지식을 뽐내고자 함도 아니다. 일반 대중의 관심과 더불어 훌륭한 학자들이 많이 배출되어 명리학 발전의 단초가 되었으면 하는 바람으로 일반인을 상대로 한 조금은 가벼운 책을 출판하기로 했다. 더 이상 길거리 학문이 아닌 대학 강단의 최고 학문이 되길 기대하면서 글을 썼다.

예로부터 사주팔자는 인간의 삶에 영향을 준다고 믿어 왔고, 오랜 실증적 체험으로 첨단과학시대인 현재까지도 막강한 존재감을 유지하고 있다. 자연의 섭리가 인간에게 주는 영향을 관찰하는 명리학의 지혜를 빌어 성공적이고 행복한 삶에 도움 받을 수 있기를 바란다.

그간 역학 발전에 많은 노력을 하신 선배님들의 노고에 감사의 말씀을 드리면서 부족한 부분의 질정을 부탁드린다.

현담(炫覃)

차례

천명을 모르는 자는 군자가 아니다.

— 공자

1장

생활 속
사주명리

사주명리학과의 인연

● ● ◐ ◑ ○

　1990년대 말, 필자는 금융회사(나중에 외국계에 인수)를 다니고 있었다. 노력이나 실력에 비해 직장에서의 운은 별로 없었지만 그때만 해도 은퇴 후 명리학과 관련된 일을 할 생각은 없었다. 그런데 왠지 모르게 동양오술 분야에 관심이 갔고 자꾸 공부해보고 싶은 욕구가 생겼다.

　우연히 모 역학연구원 강의 프로그램을 접하면서 시작된 명리와의 인연이 오늘에 이르렀다. 지금도 그렇지만 여러 곳을 돌아다니면서 배우고 책을 보아도 명리 이론이 가진 모순과 한계, 채워지지 않는 무언가가 가득했다. 동양학을 공부하는 사람들의 공통점이라고도 할 수 있는데, 한 가지 학문에 집중하지 못하고 명리학을 공부하는 중간중간 풍수지리 강의도 찾아다니며 들었다. 학원들은 모두 유명한 곳이었고 강의 내용도 제법 괜찮았지만 풍수의 모든 것을 담아내지는 못하는 듯했다. 배우면 배울수록 허전하고 부족했다.

　원래 동양학이라는 게 한 번에 이루는 학문이 아님을 잘 알지만, 깨달음을 얻으신 훌륭한 스승님을 만나지 못해 학문 언저리에서 오랜 시간 방황했다. 결국 사설학원이나 선생님들의 가르침에 부족함을 느끼고 대학원에 입학하여 전문적으로 배워보기로 했다. 그러나 거기서도 별반 크게 발전되거나 얻은 건 없었다.

다행히도 필자의 근무부서가 금융기관 부동산관리부였던 덕분에 풍수에 관해서는 유럽과 중동 그리고 동아시아 출장을 통해 접할 기회가 많았다. 각 나라 직원들과의 좋은 유대관계를 통해 그들의 문화를 가까이서 접할 수 있었다. 관심분야였던 '아시아의 풍수'는 해외출장 기회가 있을 때마다 세심하게 관찰했고 서적을 통해서도 자주 접했다.

우연한 기회에 관심 갖게 된 일이 인연이 되어 지금에 이르렀고, 선학들이 써놓으신 글의 뜻을 다 이해하지 못해 항상 노력하면서 정진하고 있지만, 결국 명리학을 포함한 동양오술의 이해는 수많은 번뇌 속에 오는 깨달음이 없이 이론만 암기해서는 안 되었다.

당시엔 잘 몰랐지만 공부를 하면서 알게 된 것은 필자의 사주팔자가 이 길을 향해 있었다는 점이다. 필자의 사주팔자엔 관성도 없고 인성도 없다. 사주에 있어 관은 자리요 직책인데, 지장간에 숨어 있는 미약한 관이 때를 못 만나니 직장생활이 원만할 리 없었다. 인성은 후원자요 나를 끌어주는 힘인데, 누가 끌어줄 팔자도 아니었던 같다. 그러니 직장생활에 만족하지 못하는 일들이 계속 발생했다. 금융환경 변화와 더불어 맡은 업무나 직위 등이 생각보다 만족스럽지 못했고 주변 인간관계도 자주 거슬렸다. 그러다 보니 자연히 '인생이 무엇인가'에 대한 자기성찰의 시간을 갖게 되었다.

금융권 명퇴라는 해고위기에서도 그간 유대관계를 잘 맺어두었던 외국 상사분들의 도움으로 무사했으니 나름 최소한의 품위는 유지하면서 남은 기간 근무할 수 있어 참 다행이었다고 생각한다.

모든 근원은 음양오행에서 출발한다

●　◑　◐　◓　○

　동양학의 기본이 그러하듯이 명리학을 공부하기 위해서는 우선 음양오행과 그 변화를 이해해야 한다.

　음양(陰陽)에 대해 간단히 살펴보면, 사물이나 현상의 서로 대립되는 양면의 하나를 '음'이라 하고 다른 하나를 '양'이라 한다. 모든 현상은 음양으로 구분이 되는데 그 구분은 영속적이지 않으며 상대성을 가지고 또다시 변화한다. 음이 극에 달하면 양이 되기도 하고 양이 극에 달하면 음이 되기도 한다. 모든 현상과 사물을 음양으로 분류하는 방법은 무한하다. 보통 남성은 양, 여성은 음이라 분류하지만 군대와 같이 남성만으로 구성된 사회라든지 여성만으로 구성된 사회 안에서는 그 속에서 다시 강한 남성상을 가진 양 중의 양이나 연약한 여성상을 가진 사람이 음 중의 음으로 분류될 수 있다.

　'오행(五行)'이란 우주의 모든 만물이 다섯 가지 법칙과 질서 안에서 움직인다는 이론으로, 목화토금수(木火土金水)로 분류한다. 목화(木火)는 양이며 금수(金水)는 음으로 분류할 수 있고, 토(土)는 목화금수를 조절하는 역할을 하며 음양의 모든 성질을 가지고 있으니 음과 양의 중간에 있다고 볼 수 있다.

　음양에 대한 분류가 고정된 것이 아니듯 양의 기운인 목화(木火) 속에도 음이 있고 음의 기운인 금수(金水) 속에도 양이 있는데 목은 소양, 화는 태양, 금은 소음, 수는 태음으로 분류할 수도 있다. 오행을 이해하는데 있어 흔히들 물상적인 공부 위주로 하다 보면 '수는 물이요, 화는 불이다'라는 식의 물질적으로만 생각하려고 하는데 오행을 제대로 공부하기 위해서는 그 정신성을 함께 이해해야 한다.

　음양오행의 변화를 통찰한다는 것은 끊임없이 변화하는 자연 현상 속에서도 변하지 않는 일정한 질서를 가진 우주 운동의 법칙을 이해하고자 하는 것이다.

　명리학은 인간을 자연과 조응하는 소우주인 자연의 일부로 보고 서로 닮은 점에 착안하여 자연과 인간사 변화의 일정패턴의 동질성을 파악하여 인간사에 대입하는 학문이다. 명리학은 음양오행의 변화를 깊이 통찰하여 논리적으로 해석한 학문으로, 그 심오함에 있어 철학적인 반열에 올라 있다.

팔자에는 함정이 있다

● ● ◐ ◑ ○

　인간의 운명에 지대한 영향을 준다는 오행의 기운은 사람이 태어난 시점에 부여받는데, 태어나면서 부여받는 음양오행의 숫자는 모두 여덟 자이다. 총 22개 천간 지지 음양오행에서 8개만 부여받다 보니 음양이나 목화토금수의 조화가 무작위인 셈이다. 그러니 팔자의 부족함이나 부조화에서 오는 그 변화가 어찌 무쌍하지 않겠는가? 그 안에 희노애락이 모두 담겨 있다.

　사주용어 중 '명호불여운호(命好不如運好)'라는 말이 격언처럼 사용되던 때도 있었다. "명 좋은 것이 운 좋은 것만 못하다"는 말이다. 다시 말하면 팔자만 좋다고 꼭 성공하는 건 아니다. 운이 받쳐주어야 하고 귀인의 도움도 있어야 한다. 모든 일을 행함에 있어 나아갈 때와 물러설 때를 구별하지 못한다면 그 성패는 불 보듯 뻔한 일이다.

　팔자에는 함정이 있다. 그 함정은 큰 것일 수도 있고 작은 것일 수도 있으며 깊을 수도 얕을 수도 있다. 많을 수도 있으며 적을 수도 있다. 함정이 깊으면 빠져나오기 어렵고 허우적대다 일생을 허비하기도 한다. 팔자의 함정이 잘 보이는 것도 있고 은폐되어 있어 잘 보이지 않는

이 길의 주인은 나. 함정에서 탈출하는 사람은
자신의 운명을 개척함으로써 타인에게 희망을 준다.
함정이 있다면 유혹에 빠지지 말고
운이 좋은 때를 기다리는 것이 좋다.
함정은 시간이 지나면 없어지거나 작고 얕아지기 마련이다.

경우도 있다. 그래서 팔자의 함정을 알려주는 역할을 하는 역술인들조
차 자세히 살피지 않으면 자신의 함정을 못 보기도 한다.

함정은 어떤 운을 만나느냐에 따라 커지기도 하고 작아지기도 하며
깊어지기도 하고 얕아지기도 하며 수량이 늘어날 수도 있고 줄어들거
나 없어질 수도 있다. 함정이 있다면 유혹에 빠지지 말고 운이 좋은 때
를 기다리는 것이 좋다. 함정은 시간이 지나면 없어지거나 작고 얕아지
기 마련이다. 함정인줄 알지만 부득이 건널 수밖에 없는 상황이라면 우
회하는 방법을 모색해야 한다.

함정의 유혹에 빠진 결과는 가난과 실패, 고난의 연속일 수도 있고
거듭된 시련이나 불행으로 찾아오기도 한다. 그 크기나 종류, 횟수의
차이만 있을 뿐이다.

우리는 함정에 빠진 사람들을 많이 본다. 운명의 틀에 갇혀 빠져나오
기를 포기하는 사람들도 있고 갖은 노력으로 탈출하는 사람들도 있다.
마치 지뢰와 총알이 빗발치는 전선을 뚫고 달음박질치는 모습을 연상
시킨다. 함정에서 탈출하는 사람은 운명을 개척하면서 타인에게 희망
을 준다.

얼마 전, 한 TV 프로그램에서 40대 중반의 외발이 떡장수에 관한 이
야기가 방영되었다. 어려서 부모를 잃고 고아원에 맡겨져 자라던 중 교
통사고로 한쪽 다리를 잃은 사람이었다. 좌절과 슬픔, 주변의 따가운
시선을 딛고 일어서 활기찬 표정으로 떡을 파는 모습에 마음이 숙연해
졌다. 그 사람은 떡을 파는 게 아니라 사람들에게 희망을 파는 것처럼
보였다. 운명의 장난을 희망으로 극복한 사람이었다. 그를 보며 영화

속 대사가 떠올랐다.

Life isn't about waiting for the storm to pass.
It's about learning to DANCE in the rain.
인생은 폭풍이 지나가길 기다리는 것이 아니라
그 빗속에서도 즐겁게 춤추는 것을 배우는 것

　팔자의 함정은 그 깊이가 깊어 빠져나오기 불가능해 보이는 경우가 많다. 함정에 빠지지 않는 것이 가장 좋겠지만 만일 빠졌다면 게다가 함정이 너무 깊고 험해 헤어나오기 어려운 상황이라면 그 속에서 즐기는 법을 배우는 것도 필요하다. 충분히 아름다운 인생을 만들어갈 수 있다.

　예를 들어 내 인생의 산행이 너무 험하고 힘들어 도저히 앞을 예측할 수 없는 상황이라면 산길을 잘 아는 이에게 물어 정상을 예측하고 (다시 내려가지 못하므로) 정상이 보일 때까지 힘을 비축하며 그 산행을 즐기는 방법밖에 없다. 그 기회를 체력향상의 절호의 기회로 삼아야 한다. 나는 그 길의 주인이다. 좌절해서는 안 된다. 그래야만 정상에서 펼쳐지는 장관을 볼 수 있고 희열을 맛볼 수 있다.

사주팔자가 같으면 운명이 같은가요?

● ● ◑ ◔ ○

　인간은 어머니 뱃속에서 세상 밖으로 나오는 그 순간, 첫 호흡을 통해 받는 우주대자연의 기운을 평생 가지고 간다. 태어난 연, 월, 일, 시간의 기운을 글자로 나타낸 것을 사주팔자, 명(命)이라고 한다.

　여기에 매년 다가오는 운인 '세운'과 각 개인 사주의 월주를 중심으로 시작하여 매 10년마다 변하는 운인 '대운'을 통틀어 '운(運)'이라고 하는데 사주와의 관계성을 고려하여 그 사람의 운명을 판단한다. 보통 많은 명리학자들이 쉽게 설명하기 위해 태어날 때 부여받는 기운인 '명'을 자동차에 비유한다. 즉 태어날 때부터 고급승용차인지 화물차인지 경차인지 등의 차종과 용도, 성능 등이 결정되며 추가적인 옵션이 부가된다고 보는 것이다.

　그리고 '운'이란 차가 운행하게 될 도로의 상태라고 설명한다.

　그러므로 아무리 성능이 좋은 차라도 도로의 상태가 나쁘거나 막혀 있다면 제대로 운행이 불가능하며 또한 제 아무리 운행하는 도로가 탄탄대로라서 거침없이 달릴 수 있어도 차의 성능이 나쁘다면 마음껏 운행할 수 없다.

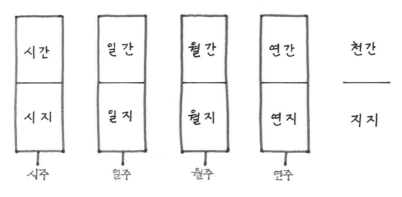

4개의 기둥 : 사주
8개의 글자 : 팔자

연주는 태어난 해의 입춘일을 기준으로 한다.

우리가 살아가는 데 있어 작용하는 기운은 사주만이 아니다. 보통 운 좋은 사람들은 그 '운'이 자신에게 왔을 때 잘 잡을 줄 안다. 일이 잘 풀리는 사람들을 보면 기본적으로 사주오행의 조합이 좋다. 사주팔자가 좋은데 운까지 좋으면 금상첨화다. 여기에 본인이 노력까지 한다면 반드시 성공하는 최상의 사주이다. 하지만 이런 사주는 아주 드물다. 보통 사주가 좋으면 운이 부족하거나 사주가 좋지 않으면 운에서 보충해주는 경우가 대부분이다. 이럴 때는 운을 통한 성패의 시기를 잘 맞추어 열심히 노력하면 일생을 통하여 일정기간 발복이 있다. 때가 되었을 때 씨앗을 뿌려야 싹이 트듯이, 때가 왔을 때 씨앗을 뿌리는 '행동'과 '노력'은 반드시 필요하다. 좋은 때가 되어도 씨앗을 뿌리지 않거나 사주팔자와 운이 함께 나쁘면 노력해도 잘 안 되기 마련이다.

사주팔자의 구성이 좋지 않더라도 운이 부족할 때는 바른 마음가짐으로 미래를 준비하고, 때를 기다려 드디어 때가 되었을 때 목표한 바 최선을 다하면 뜻을 이룰 수 있다. 또한 사주팔자의 구성이 좋지 않다면 대개 좋지 않은 일이나 주변과의 마찰 또는 건강문제나 재물 손실 등이 자주 발생할 수 있는데 이러한 모든 것은 남 탓이 아닌 경우가 많으므로 자신의 운명을 겸허히 받아들이고 모든 행동에 있어 항상 스스로를 먼저 돌아보고 남을 배려하는 자세로 살아간다면 스스로 행한 좋은 일들로 인해 운이 개선될 수 있다.

그렇다면, 사주팔자가 같으면 운명이 같은 것일까? 이 질문은 오랫동안 사주팔자 이론, 즉 운명론의 모순을 지적하고 명리학자들을 괴롭혀왔던 내용이다.

정확히 말하면 "사주팔자가 같아도 운명은 똑같지 않다." 심지어 한날한시 한 부모 밑에서 태어난 쌍둥이조차도 같은 삶을 살지 않는다. (쌍둥이의 명식에 대한 사주 분석 방법은 학자들마다 견해가 달라 별도의 설명이 필요하나 안타깝게도 선학의 연구자료가 부족하여 백가쟁명 중이다) 생년월일시가 같아도 부모, 성장환경, 이름, 배우자 등의 조건이 다르고, 행하는 것과 마음의 씀씀이가 다르기 때문에 같은 운명의 결과값이 나오지 않는다. 이것을 정확하게 이해하지 못하면 스스로의 모순에 빠져 엉뚱한 답변을 함으로써 곤경에 처할 수 있다.

사람의 운명은 수많은 선택의 결과로 정해진다. 이는 무의식적인 선택의 결과값이 대부분이다. 사주팔자를 알게 되면 운명에 영향을 줄 수 있는 중요한 결정에 있어서 무의식적 선택을 의식적 선택으로 바꾸게 된다. 즉, 무의식적 선택을 의식적 선택으로 바꾸는 일이 운명을 바꾸는 일이다. 그러므로 사주명리학은 운명학이라고도 할 수 있다.

"사주 좋은 것이 운 좋은 것만 못하다"라는 말이 있다. 운이란 무엇일까? 운이란 정말 있는 것일까? 나의 성공시기는 언제일까? 내 삶은 왜 이리 힘들까? 나중의 삶은 지금보다 나아질까?

슬픔과 고난은 시간이 지나면 사그러들고 기쁨도 마찬가지다. 우주 자연의 질서가 일정한 규칙을 가지고 변동하기 때문에 영원한 기쁨도 슬픔도 없다. 다만 성패와 길흉의 시기를 예측하여 미리 준비할 수는 있다. 더불어 좋은 일은 취하고 나쁜 일은 피하는 지혜를 이용할 수도 있다.

운명의 방향성이 좋지 않을 때 그 굴레에서 벗어나는 방법을 알려주었던 학문이 바로 명리학이다. 운명은 정해져 있지만 굴레를 벗어나는 방법이 있다. 주어진 운명이 인간의 삶을 전부 지배하지 못하며, 열심히 노력하면 좋은 운을 열어갈 수 있다.

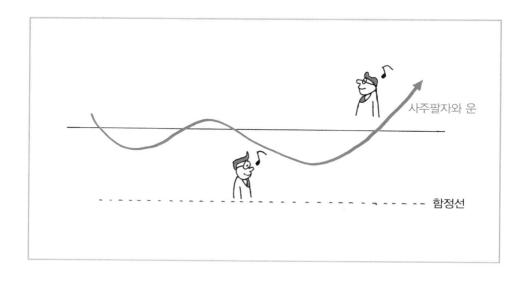

사주팔자와 운이 좋은 경우에는
인생그래프에 큰 영향이 없다.
운은 인생 주기에서 상승과 하락을 반복하는데,
좋은 사주는 하락폭이 크지 않으므로
함정선까지 내려가지 않아 위험하지 않다.

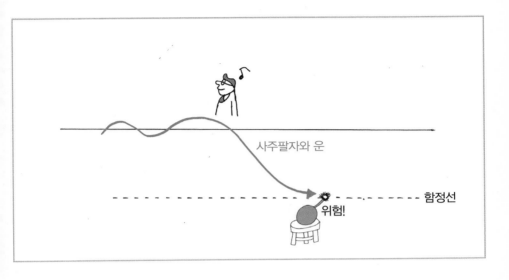

사주팔자와 운이 나쁜 경우에는
함정선을 이탈하는 선택을 하지 않도록 각별히 조심해야 한다.
사람의 운명은 수많은 선택의 결과로 정해진다.
인생 주기에서 운이 상승하고 있을 때에는 괜찮지만
큰 폭으로 하락하고 있을 때에는 나쁜 선택으로 인해
파산, 건강 악화, 누명 등 모든 것을 잃을 수도 있다.

팔자에 없는 것은 영원히 가질 수 없는 것인가?

● ◐ ◑ ◔ ○

　돈을 많이 벌어야지… 저 사람을 꼭 나의 인연으로 만들어야지… 이런 것들은 의지만 가지고 되는 일이 아니다. 매너, 외모, 재산, 스펙 등 모두 가진 사람도 자기가 원하는 사람을 얻지 못하는 경우를 흔히 본다. 돈에 관해서도 마찬가지다. 해박한 금융지식, 탁월한 사업감각과 명석한 시황 분석력, 모든 기업정보를 가지고 있으며 천재의 머리와 남다른 지모를 가진 사람이라 할지라도 자신의 의지대로 증권이나 사업을 통해 돈을 많이 벌 수 있는 것은 아니다. 논리적, 과학적으로 말하자면 사업을 하거나 증권투자를 함에 있어 정보나 기술, 지식 등 모든 면에서 다른 사람보다 훨씬 우월한 입장에 있으므로 분명 많은 돈을 벌어야 함에도 불구하고 절대 그렇지 않다는 것이다.

　큰 사업에 성공하고 촉망받는 CEO가 해당 사업 분야의 절대 강자로 군림하면서 탄탄대로를 밟아 나가다가 어느 날 갑자기 사업이 잘 안 되고 실의에 빠져 스스로 극단적인 선택을 하는 경우를 뉴스를 통해 가끔 접한다. 반대로 어딘지 모르게 판단력이 부족해 보이고 어수룩하며 사업감각도 별로인 듯한 사람이 돈을 많이 벌기도 한다. 이런 상황은 논리나 과학보다는 팔자나 운명으로 설명하는 것이 훨씬 수월하다.

아무리 노력해도 가질 수 없는 것을 운명학에서는 '팔자에 없는 것'이라고 한다. 과학이 아무리 발달해도 운명, 마음, 영혼, 정신, 이러한 것들은 분석을 통해 알아낼 수 없다. 오늘날 많은 분야에서 과학의 도움을 받고 혜택을 누리며 살아가고 있지만 과학이 100% 밝혀낼 수 없는 부분이 있다. 정신세계라든지 대자연의 진리 등인데, 이 대자연의 진리를 연구하는 학문이 바로 명리학이다.

명리학에서는 인연법으로 보아 사주팔자에 없는 것은 인연이 없거나 부족한 것으로 본다. 팔자에 없는 것을 가지는 경우는 운에서 오거나 인위적인 노력으로 채워서 얻어지는 방법이 있다. 인위적인 노력이란 평범하지 않은 남다른 노력을 말하며 그러한 노력으로 얻어지는 것은 한시적이지 않고 영원히 갖게 되는 것이므로 운에서 오는 것과는 다르다. 예를 들어 '돈돈돈' 하면서 돈에 한 맺혀 알뜰히 벌어 모은 사람은 자신의 사주와 다르게 오히려 더 잘 살기도 한다.

팔자에 없어도 인연이 되는 경우가 생기는데 예를 들면 여자는 관성이 남편성인데 사주팔자에 관성이 없어도 운에서 관운이 오거나 해당 사주를 좋게 하는 운에 결혼이 이루어진다. 그러나 팔자에 없는데 운에서 왔던 것이라면 해당 운이 지나가면 운의 역할이 약해지거나 소멸되어 다시 이전의 상태로 되므로 부부 사이가 소원해지기도 한다.

인간관계, 특히 부부 사이의 조화는 한두 가지 요인에 의해 결정되는 게 아니며 여러 가지 다른 이유에 영향을 받는다. 명리학 이론으로 보면 운은 영원한 것이 아니라 지속적으로 움직인다. 원래 인연이 없던 것을 운에서 보충받았다면 그 운이 지나가면 배터리가 소모되듯이 인연이 다시 약해진다고 볼 수 있다. 운에서 오는 인연은 그 기운이 왔을 때 제한적이고 한시적으로만 영향을 받기 때문이다.

예를 들어 사주팔자 원국에 수기가 충만하다면 그 물은 샘물과 같아서 평생 지속적으로 공급이 되지만 사주에 수기가 없는데도 물의 혜택을 충분히 보고 있다면 그 물은 여름 장마철에 내리는 비와 같아서 비가 그치면 계속 공급되지 않는다. 사주의 흐름을 잘 파악하지 못하면 건기가 오는 때를 준비하지 못한다. 평생 물이 공급될 것 같지만 사주의 상황에 따라 변할 수 있기 때문이다. 사업을 예로 들어보면, 사주에 재복이 크게 없는데 운에서 호기를 만나 잘되고 있다면 앞의 사례를 참고하여 미래를 대비할 필요가 있다. 지금 잘되는 사업이 영원히 잘될 것 같지만 불리한 운을 만나면 고전할 수 있다. 물론 평생 좋은 운으로 가는 사람도 있지만 대부분의 경우는 길흉과 성패의 기복을 경험하게 마련이고 좋은 운과 나쁜 운이 번갈아 오게 된다. 아무리 어려운 고비를 만났더라도 참고 견디면 좋은 시절이 오듯이 운세로 인한 길흉은 영원하지 않다.

그렇다면 인연이 약한 것을 가지려면 어떻게 해야 하는가?

본인의 사주에 없는 귀한 것을 좋은 운이나 노력에 의해 얻었다면 남들보다 그 인연을 더 소중히 여기고 나중에 후회하지 않도록 가치 있게 잘 사용해야 한다.

그 대상이 물이라면 비가 왔을 때 잘 저수하고 보관하여 후일에 사용할 수 있도록 하고, 사업이 번창하여 돈을 많이 벌었을 때 흥청망청하지 말고 미리 저축하여 대비하고 좋은 일에 투자하는 것이 방편이다.

운은 영원한 것이 아니라 지속적으로 움직인다.
원래 인연이 없던 것을 운에서 보충 받았다면
그 운이 지나가면 배터리가 소모되듯이
인연이 다시 약해진다고 볼 수 있다.
본인의 사주에 없는 귀한 것을 얻었을 때,
그 인연을 더욱 소중히 여기고
미래를 위해 대비하는 자세가 필요하다.

인간관계라면 더 소중히 생각하고 인연을 이어나가야 할 것이다. 예를 들어 사주에 인연이 없는 것 중의 하나가 사람과의 인연이라면, 그 인연은 부모일 수도 있고 자식일 수도 있으며 부부 인연이나 주변 인간관계일 수도 있는데 왜 그런 인연들로 인해 피해를 받게 되는가를 원망하기 이전에 내 팔자에 정해진 인연이 그렇거니 생각하고 나를 먼저 돌아본다면 상대를 원망하는 일이 적어질 것이다. 여성의 경우 사주팔자에 남편성이 제대로 자리잡고 있으면서 본인의 사주에 좋은 역할을 한다면 대부분 운에 관계 없이도 좋은 배우자를 만난다. 그것은 본인의 사주팔자에 부부인연이 좋기 때문이다.

운명을 인정하는 지혜는 '운명론에 끌려가라'는 의미가 아니다. 공자도 말했듯이 "자신의 명을 모르고는 세상에 온 큰 임무를 수행하지 못하므로" 명을 아는 지혜를 통하여 인간의 자만과 헛된 욕심을 자제시키고 자신이 스스로 할 수 있는 범위 내에서 최선을 다하는 겸허한 자세를 가져야 한다. 남을 원망하기 보다는 스스로에게서 먼저 원인을 찾고 진퇴와 성패의 시기를 정확히 파악하여 실패나 고통의 아픔이나 마음의 상처를 줄이고 발전적인 삶을 살아가는 지혜를 가져야 할 것이다.

나의 결혼운은 언제 오나요?

● ◑ ◐ ◓ ○

　사회적 환경과 제도, 풍습에 따라 결혼적령기가 변화되어 왔다. 요즘은 직장문제, 결혼비용, 육아문제 등으로 결혼 시기가 늦어지고 비혼이 유행처럼 번지고 있는 실정이지만 사주를 보러 오는 사람들의 많은 관심사가 또 '결혼'이기도 하다.

　사주를 통해 결혼운을 살펴보면 운이 오는 시기를 알 수 있다. 사주팔자 네 기둥 중에 본인과 배우자가 위치하는 '일주(日柱)' 기둥과 해마다 오는 연운의 천간 지지가 합이 되는 해에 결혼이 쉽게 이루어진다. 참고로 흉운에도 본인의 의지와 관계없이 별로 맘에 들지 않는 사람과 갑자기 결혼하는 경우가 있는데 이때 결과가 좋지 않을 수 있으니 주의할 일이다. 사주팔자에 배성(배우자를 나타내는 오행)이 뚜렷하고 자리도 잘 잡고 있어 배성이 사주에 긍정적인 역할을 한다면 대부분 좋은 배우자를 만난다. 이성과의 관계 폭도 넓고 인기도 많으며 별도의 결혼운과 관계없이 결혼에 골인하기 마련이다. 반면 자식이 결혼을 안 해 찾아오시는 부모가 보여주는 사주는 대부분 사주팔자에 배성이 없거나 지나치게 많아 사주팔자에 긍정적인 역할을 하지 못하는 경우가 많다.

다시 말하면 배우자 인연이 그만큼 적다는 것이다.

주어진 사주명식과 다가오는 운을 잘 살펴보고 판단하되, 배성과 관계되는 운이 들어오면 결혼이 성사되거나 사주의 기운이 좋아지는 때라고 생각하면 된다. 사주가 한습하고 차가운 경우 따뜻한 운이 와서 온도와 습도 조절이 이루어지면 좋다. 또한 사주가 신왕(힘이 있고 강한 사주)하다면 남자는 재성운이나 식상운(재성을 생하는 운)에, 여자는 관살운, 식상운(자식 생산과 관련된 운)에 결혼이 이루어지기 쉽다. 사주가 매우 강하면 그 힘을 제어해주는 운이 오거나 반대로 사주가 신약(약한 편에 속하는 사주)하다면 사주의 힘을 보강해주는 운에 결혼이 이루어지기 쉽다.

결혼운의 시기를 보는 방법에 대해서는 다양한 이론이 있지만 학자들 간에 이견이 없는 부분을 간단히 소개하면 배우자에 해당하는 사주의 자리(일지)와 배성의 움직임 위주로 살펴보는 것이다. (일지와 합이 되는 해(삼합 포함) 2장 189쪽 참고)

- 남자는 재성, 여자는 관성이 배우자 성인데 남녀 모두 배성과 합이 되는 해에 결혼운이 들어온다. 만약 배성이 사주에 없다면 배우자 성이 오는 해에 결혼운이 있다.
- 사주의 운에는 용신운이라는 것이 있는데 용신운은 사주팔자의 균형을 맞춰주어 사주를 좋게 하는 운으로 이때는 결혼에 좋다.
- 억부용신
  - 신왕한 남자 : 재성운, 식상운
  - 신왕한 여자 : 관살운, 식상운

- 조후용신 : 조후가 시급한 경우 조후가 이루어지는 대운, 연운에 이루어지기 쉽다.
- 격국용신 : 중화된 사주로 격국용신에 해당하는 해에 결혼이 이루어진다.
- 용신 해당 운에 결혼하면 마음에 드는 사람과 결혼한다.
- 기신 연운에 결혼하면 안 좋다.
- 살상효인(殺傷梟印) 연운에는 의지와 관계없이 느닷없이 결혼하거나 결혼이 다 준비되었다가 깨어지기 쉽다. 배성이 쟁합하거나 투합하는 경우에도 파혼 가능성이 있다.
- 사주에 합이 많으면 조혼한다. (간합, 삼합, 육합 등)
- 일주와 시주가 상충하면 결혼이 늦어지는 경우가 있다.
- 일지는 배우자 자리를 나타내는데 일지와 세운(해당년)의 지지가 합이 되는 해에는 결혼하기 쉽다.

구체적이고 상세한 이론은 너무 많아 다 나열할 수 없다. 또한 사주의 구성에 따라 결혼이 늦어지거나 빠른 사례도 있으니 본인의 결혼시기에 대해 미리 알아두면 좋은 인연을 소홀히 하는 일이 없을 것이다.

인간의 중대사인 결혼의 적절한 시기가 언제인지 알고자 하는데 있어 막연한 식의 판단은 곤란하다. 음양오행의 특성을 알고 논리적으로 접근할 필요가 있다.

예를 들어 여자의 일간이 '토'라고 해보자. 토에는 무토와 기토가 있다. 기토 일간으로 사주 구성이 중화를 못 이루고 습하거나 건조하다고 가정해보자. (기토는 전답으로 설명할 수 있다) 이러한 상태에서 설령 배우자를 나타내는 관성운인 '목'이 온다고 해도 계속해서 뿌리를 내리고 좋은 인연으로 함께 하기 어렵다. 밭이 한습하거나 우기를 만나 물바다를 이루거나 습기가 지나치면 관성인 나무가 와서 뿌리를 내리고 자랄 수 없다.

인생은 고단한 삶의 여정이다. 좋은 씨앗을 심어 잘 자랄 수 있는 환경을 조성해야 바람직한 성장, 즉 원활한 인간관계를 형성할 수 있다. 배우자도 마찬가지다. 위의 예에서처럼 척박한 환경에 관성운이 와서 인연을 만났다고 해도 그리 좋은 인연이 되기 어렵다.

그렇다면, 위의 사주를 좋게 만들어주는 운인 인성운은 어떨까? 즉, 화기로 습기를 제거해주고 습토를 건토로 조화시켜 주는 운은 어떨까? 굳이 말하지 않아도 토양의 질과 환경이 좋아지면 자연계의 현상처럼 나무 씨앗이 스스로 날아와 뿌리를 내리고 성장하려고 할 것이다. 이런 경우, 나의 약점을 보완해주는 용신운에 배우자를 만난다고 할 수 있고 그 배우자는 위의 경우보다 훨씬 나은 조건에서 함께할 수 있다고 본다. 그러나 이미 좋은 토양일 때에는 용신운이 따로 필요하지 않으며 관성인 배우자운에 이성을 만날 가능성이 높고 그 인연 또한 좋은 인연이기 쉽다.

인연이라고 다 같은 인연이 아니고 바른 인연을 제대로 찾을 수 있는 지혜가 필요하며 적당한 때를 알아야 한다.

더더욱 중요한 것은 본인의 사주 형태가 어떤 상황인지를 먼저 알고 때를 알고자 물어야 한다는 것이다. 무조건 배우자운이 와서 결혼을 하는 게 아니라 위의 사례에서처럼 본인의 사주가 중화를 이루지 못한 경우에는 나의 상황을 먼저 좋게 만들어야 하고 또 그러한 운에 결혼 가능성이 높아지는 것이니 어떻게 보면 자신의 품격을 먼저 갖추어야 좋은 배필이 알아서 찾아올 것이다.

어떤 사람과 결혼하게 될까요?

● ◑ ◐ ◔ ○

　운명처럼 만나 결혼하는 사람도 있고, 처음에는 그저 그랬지만 시간이 흐르며 결혼으로 자연스레 이어지는 사람들도 있다. 그렇다면, 명리학에서 보는 나의 배우자 인연은 어떨까? 사주팔자 중 우선 배우자 자리를 살펴보기로 하자.

　명리학에서는 인연을 읽어내는 방법으로 육신(재, 인, 정관, 편관, 식신, 상관 등)과 육친(부, 모, 형, 제, 처(남편), 자식) 등의 용어를 사용하여 나와의 관계성을 알아본다. 배우자 자리에 앉아 있는 글자가 나에게 어떤 영향을 주는가를 주변 상황과 함께 분석하는 것이다. 이때 하나의 기준을 적용해 단편적으로 판단하는 것은 금물이며, 사주 전체의 상황을 보면서 배우자 자리에 앉은 육신의 역할이 어떠한지를 판단하는 것이 좋다.

　예를 들어, 남자 사주의 경우 배우자 자리에 친구나 형제들이 들어와 있다면 혼인이 늦어진다고 보는데 배우자가 들어올 자리에 형제, 친구가 득실거린다면 처가 들어오기 꺼려질 것이며 보통 이런 사람은 여자보다는 친구나 본인이 좋아하는 것(취미, 일 등)에 심취하는 경향이 있고, 배우자 자리에 와 있는 친구들은 나의 경쟁자가 되므로 결혼이 늦어질 수도 있겠다. 이런 경우 재성인 처에 대한 경쟁적인 사주구조이므로 모두들 탐내는 처를 만나게 될 확률이 높은데 미인을 만난다면 풍파가 많다고 본다. 보통 친구나 형제는 처를 극하는 역할을 한다고 보는데 자식을 낳게 되면 상황이 좋아질 수 있다.

여자의 경우 배우자 자리에 식신이 있으면 상냥하고 현모양처가 된다고 하며 배우자 자리에 남편을 극하는 육신이 와 있고 주변 사주 상황까지 좋지 않다면 남편과 사이가 나빠질 수 있다고 본다. 단, 여자에게 식신은 자식을 나타내는데 남편보다 자식 보고 산다는 말이 나오기도 한다. 여자 사주에 친구, 형제를 나타내는 글자가 무리를 지어 있으면서 정관이 있으면 남편 하나를 두고 여럿이 서로 싸우는 형국으로 경쟁자가 많으며 잘 생기고 멋진 남자와 인연이 있다고 보는데 물심양면으로 남편을 잘 보필한다면 가정이 평안하겠지만 그렇지 않다면 풍파가 예상된다. 이런 사주팔자는 나이 차이가 많은 남편을 만나거나 혼사가 잘 이루어지지 않기도 한다.

배우자 자리에 남편성인 정관이 제대로 있으면서 그 역할도 좋다면 부부사이도 원만하고 반듯한 배우자를 만난다고 본다. 단 아무리 정관이 좋은 역할을 한다 하더라도 배우자 자리 이외에 관이 많이 배치되는 것은 좋지 않다. 예전에는 여자 사주가 강하면 별로 좋지 않다고 보았는데 고집이 세고 자기주장이 강하여 남편과 마찰이 생기거나 남편이 무능력해지는 경향이 있다고 해석했기 때문이다. 요즘 세대에 욕먹을 말인지 모르겠으나 이런 경우 잠시라도 시집살이를 해보는 것도 하나의 방편이 될 수 있다.

내 사주를 보면 배우자운을 알 수 있다. 어떤 배우자가 나에게 적합한지 알아두는 것도 좋으며 내 사주팔자에 맞지 않는 배우자를 찾아 헤맨다고 해서 배우자운이 바뀌는 것도 아니다. 팔자에 맞지 않는 배우자와는 해로하기 힘든 경향이 있다.

남녀를 막론하고 사주팔자에 금기와 수기가 태왕하여 한랭한 경우 부부가 해로하기 어렵다고 보므로 이런 경우에는 따뜻한 사주를 가진 사람을 만나는 것이 좋다.

원활한 결혼 생활을 영위하기 위해서는 남자의 사주가 여자의 사주보다 다소 강한 것이 좋으며 사주의 강약은 2장에서 참고하기 바란다.

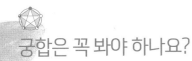

궁합은 꼭 봐야 하나요?

● ● ◑ ◔ ○

음식에도 궁합이 있고 색깔에도 궁합이 있듯이, 두 개 이상의 사물이 만나서 이루어지는 조합이 궁합이다. 궁합의 이해에 있어 우선 알아야 할 것은 궁합이 잘 맞는다고 해서 타고난 숙명을 크게 바꿀 수는 없다는 점이다. 단, 궁합이 좋으면 살아가는 동안 서로의 부족한 부분을 상대방으로부터 채워가면서 화목하고 정이 넘치는 삶을 살 수 있다고 생각하면 된다.

어떤 이는 궁합의 의미를 집 '궁(宮)'에 주안점을 두고 가문과 가문의 결합이라고 말하는데 이것은 궁합의 유래에 대한 사실 여부를 떠나서 두 사람이 만나 하나의 가정을 이루어 두 집안의 연결고리가 되는 점을 고려하면 재미있는 설명이라고 할 수 있겠다. 또 '궁'이라는 글자를 생식기에 연결하여 흔히들 말하는 속궁합, 겉궁합으로 연결하는 말들도 있으나 믿을 만한 것이 못 된다.

명리학에서는 사주팔자의 각 위치별 자리를 '궁'이라고 하는데 궁합을 본다는 것은 남녀 두 사람의 각 궁의 조화를 검토하여 사주팔자의 기운이 조화로운지 여부로 길흉을 판단하는 것을 말한다. 하지만 어느 고서에서도 궁합을 보는 법에 대한 명확한 이론을 제시하고 있지 않다. 명리학을 공부한 사람들이 납음오행, 음양의 생극제화 원리 등을 활용하여 응용하면서 궁합을 보아왔기 때문에 궁합보는 방법이 시대적으로도 조금씩 변화가 있었고 명리학자들마다 제각각이었다. 흔히들 일부 명리학자들이 본인이 연구하고 배운 방법이 최선이고 답인 것처럼 이야기하지만 명리학은 아직까지 실증적 연구가 더 필요하며, 해당이론이 정확한 내용이 아닐 수도 있으니 경우에 따라 잘못 이해하고 마음에 상처 받는 일이 없어야 할 것이다.

　명리학은 음양과 오행의 생극제화에 바탕을 둔 철학이다. 이를 제대로 이해하기 위해서는 대단한 수고와 노력이 필요하다. 인간은 어머니로부터 분리되어 독립적으로 호흡하는 순간, 우주 대자연의 기운을 받게 되는데 그것을 '명(命)'이라 하며, 그때 부여받은 기운으로 개인의 고유한 성향을 형성한다. 명이 어떠하든 간에 필수적으로 다가오는 '운(運)'의 영향을 받는다. 이것을 운명(運命)이라 부른다. 그 흐름에 따라 길흉과 성패의 시기가 결정되고, 여기에 조상의 음덕, 개인의 성품, 태어난 환경, 주변인물 등에 의해서 변수가 발생한다. 따라서 평생을 함께 살아가며 자손을 이어갈 배우자와의 궁합이 가문은 물론 개개인의 길흉과 성패에 어떤 영향이 있을지는 말하지 않아도 알 것이다.

　궁합은 두 당사자의 기운과 운의 조합을 보는 것이다. 그 기운이 조화로우면 화평할 것이요, 그렇지 못하면 깨지기 쉬운 것은 당연한 이치이다. 궁합을 보는 데는 각 개인의 사주가 매우 중요하다. 자기 사주는 나쁜데 좋은 사주를 가진 사람만 찾는다고 되는 일이 아니다. 즉, 자기 사주의 그릇을 미리 알아야 할 것이며 팔자에 없는 복을 너무 애써 찾는다고 내 것이 되는 것도 아니다. 우여곡절 끝에 손에 넣었더라도 잠시일 뿐이다. 우스개 소리로 사주에 남편성이 안 보이면 처성이 없는 남자와 만나면 그게 제 짝이라고 하는 얘기도 있으니 그냥 참고하시라.

개인의 궁합 문제가 아니더라도 각종 단체나 모임 등의 맞지 않는 조합은 쉽게 깨지기 마련이다. 특히 결혼은 인륜지 대사이므로 나에게 맞는 상대를 신중히 찾아야 행복한 가정을 꾸릴 수 있다.

하지만 서로 오랜 기간 봐오며 상대를 잘 알고 있거나 그간의 만남을 통한 경험으로 상대의 인품을 존중할 수 있고 서로를 신뢰할 수 있는 경우라면, (궁합이 안 맞다고 미리부터 걱정하여 파혼하는 경우도 있는데) 팔자상의 궁합이 다소 안 맞더라도 너무 신경 쓰지 않는 게 좋겠다.

예전에는 외적의 침입이 잦아 어린 나이에 미리 결혼시키는 풍습이 있었으나 해방 이후 결혼 풍속도가 많이 바뀌었다. 요즘은 사십을 넘긴 초혼도 많아졌고 딱히 마음에 드는 사람이 없으면 결혼생활의 복잡함 보다 싱글의 여유로움을 즐기는 사람도 많아졌다.

궁합은 서로 다른 가정과 환경에서 자란 사람들이 만나 조화로운 가정을 이룰 수 있는지를 살펴보는 일이다. 아무리 이론이 복잡하고 다양하더라도 궁합을 살펴보는 최소한의 가이드라인은 있어야 한다. 궁합 결과에 대한 이해가 부족할 경우에는 왜 그런 결과가 나오는지 납득할 만한 설명을 듣고 판단하는 것이 좋다.

예전에는 합, 형, 충, 파, 해 등 신살이라고 불리는 사주 분석 요소들을 단식 비교하여 궁합을 보기도 하고 삼합을 중심으로 하는 띠로 비교해보기도 했지만 정확성은 떨어진다고 할 수 있겠다. 직접 사주를 분석하지는 못 하더라도 무조건 역학인에게 문의하는 것보다 어떤 방법으로 궁합을 보는 것이 합리적인가에 대해서는 생각해보아야 한다.

궁합을 볼 때에는 두 사주의 한난조습의 조화가 중요하다. 이것은 거의 모든 궁합이론에 공통적이면서도 가장 일차적인 것이며 생산, 생육, 생식과 관련된다. 다음으로 두 사주 기운의 조화 여부이다. 서로에게 부족하고 필요한 부분을 채워줄 수 있어야 하고 기운을 방해하는 요소가 만나면 서로 좋지 않다. 세 번째는 사주의 사회성, 즉 사주는 어떤 방향을 지향하는지 목표하는 바가 있는데 서로에게 방해가 되지 않아야 한다. 다음으로는 본인의 사주 그릇과 엇비슷한 사주와 만나야 좋다. 짚신도 짝이 있다는 말이 있다. 한 사람은 짚신인데 다른 사람은 고급운동화나 구두이면 좋은 조합이라 할 수 없다.

똑같은 사주를 갖고도 어느 곳에서는 좋다 하고 어디에선 살이 끼어 나쁘다 하고 명리를 잘 모르는 사람들은 정말 답답할 노릇이다. 고서의 이론체계에도 궁합에 대해 명확하게 정립된 내용이 없기 때문이다. 한 번 먹는 음식에도 궁합이 있는데 평생을 함께 살아야 하는 인간사에 별다른 수식어가 필요할까? 올바른 궁합에 대한 최소한의 이해 기준이 필요하다.

◗ 올바르지 않은 궁합법

- ■ 띠로만 맞추어 보는 궁합
- ■ 납음오행으로 맞추어 보는 궁합
- ■ 신살로만 맞추어 보는 궁합

◗ 올바른 궁합법

- ♥ 사주의 격에 서로 어울리는 궁합
- ♥ 서로에게 부족하고 필요한 부분을 보완해주는 궁합
- ♥ 상호 간 사주의 한난조습을 조절하고 조화시켜 주는 궁합
- ♥ 두 사람의 미래운이 서로 함께 좋은 방향으로 흐르는 궁합
- ♥ 상대방의 기운에 좋은 영향을 주는 궁합

완벽한 궁합을 찾는 것은 매우 어렵다. 올바른 궁합의 기준에 어느 정도 부합한다면 다소 부족하더라도 서로 맞추어가는 노력이 더욱 중요하다. 궁합은 결혼을 결정하는 데 있어 하나의 판단기준이지, 궁합이 나쁘다고 해서 결혼을 하면 안 된다는 의미는 아니므로 주의해야 한다.

택일은 어떻게 하나요?

● ● ◐ ◑ ○

　택일을 한다는 것은 나 스스로 운을 선택한다는 의미가 있다. 운을 열어 그 기운을 좋게 하는 것을 '개운(開運)'이라고 하는데 운을 개선하는 방법에는 여러 가지가 있으며 크게 시간적, 공간적 측면으로 나눌 수 있다. 부모로부터 받은 선천적 시간은 내 의지와 관계없이 정해졌다 하더라도 택일은 살아가면서 내가 선택할 수 있는 시간적 요소이다. 공간적 요소는 방향, 특정 지역으로의 움직임이 있겠다. 명리학은 시간적 요소를 중심으로 연구된 학문이므로 택일은 매우 중요하다. 각 사안의 개별성과 목표를 가지고 선택된 시간은 성공과 실패의 중요한 역할을 한다고 본다.

　주된 택일의 사례로는 결혼, 이사, 출산, 개업, 착공, 이장, 기타 택일 등이 있다. 요즘은 출산 택일이 많아졌는데 태어난 시간이 인간의 운명에 미치는 영향을 연구하는 학자의 관점에서 보면 가장 까다롭고 어려우므로 택일을 하는 사람은 매우 신중해야 한다. 물론 택일을 하고 시간이 정해졌다 하더라도 산모와 의사의 상황에 따라 변동이 있을 수도 있다. 아무리 인위적으로 인간의 운명을 정하려 해도 그 복이 없다면 그리 쉽지만은 않은 것이다.

결혼 택일은 결혼 당사자의 사주를 중심으로 음양의 조화가 어우러지는 좋은 날을 뽑아놓고 서로에게 공통적으로 좋은 기운을 줄 수 있는 날을 선택하면 된다. 구체적인 택일법에 관하여는 여러 가지가 있으나 명리학에서 연구된 분야의 조후법, 억부법, 신살법과 민력에 나타난 생기·복덕 일람표 등을 참고하여 신랑 신부의 길일 공통분모를 선택하면 크게 무리가 없을 것이다. 그러나 하객을 고려하여 주말에 주로 결혼을 하게 되고 예식장 사정을 감안하면 선택의 폭은 더 좁아진다.

이사 택일은 가족 전원을 고려하기 어려우므로 가장을 중심으로 정하되 추가적으로 이사방향 등도 함께 고려하면 좋다.

잘 자라던 나무도 이식을 한 후 잘 성장하지 못하거나 못 사는 경우가 있듯이 장소의 이동은 매우 중요한 문제다. 이사의 방향 검토에는 사주팔자도 고려하고 그밖에 여러 가지 검토사항이 있겠으나 믿을 만한 게 못되는 것도 많으므로 명리학을 고려하여 움직임을 정하려는 사람은 음양오행의 생극제화를 기준으로 정해진 대장군방, 삼살방 등을 따져 움직이는 것이 좋겠다. 그리고 상기 방향을 검토했더라도 굳이 이사를 해야 한다면 방위적 길흉이 모든 사람에게 적용되는 것이 아니므로 필요 이상으로 염려하지 않도록 한다. 즉 근기가 강한 사람은 지역 이동에 크게 영향을 받지 않는다는 것도 참고로 알아두기 바란다.

이사할 집에 솥단지와 요강을 먼저 들이거나 소금이나 팥을 뿌려 악귀를 쫓아내는 민간 풍습이 있었는데 이는 식록과 배설 등 음양의 조화를 기원하는 것에 따름이며 소금은 태양볕을 머금은 양기가 가득한 것이고 팥 또한 양기를 지닌 적색 곡물로 능히 음기를 제압한다고 보았으니 비용이 과다하게 드는 것이 아니라면 팥이나 천일염 등을 사다가 집의 음습한 곳에 뿌리는 것도 좋은 방법이다.

생기 · 복덕 일람표 (2018년 무술년 자료)

남녀 / 구분	남자 연령(당) ·								여자 연령(당)							
	1	2	3	4	5	6	7		1	2	3	4	5	6	7	
	8	9	10	11	12	13	14	15	8	9	10	11	12	13	14	15
	16	17	18	19	20	21	22	23	16	17	18	19	20	21	22	23
	24	25	26	27	28	29	30	31	24	25	26	27	28	29	30	31
	32	33	34	35	36	37	38	39	32	33	34	35	36	37	38	39
	40	41	42	43	44	45	46	47	40	41	42	43	44	45	46	47
	48	49	50	51	52	53	54	55	48	49	50	51	52	53	54	55
	56	57	58	59	60	61	62	63	56	57	58	59	60	61	62	63
	64	65	66	67	68	69	70	71	64	65	66	67	68	69	70	71
	72	73	74	75	76	77	78	79	72	73	74	75	76	77	78	79
	80	81	82	83	84	85	86	87	80	81	82	83	84	85	86	87
구분	88	89	90	91	92	93	94	95	88	89	90	91	92	93	94	95
생기(生氣)○	卯	丑寅	戌亥	酉	辰巳	未申	午	子	辰巳	酉	戌亥	丑寅	卯	子	午	未申
천의(天宜)○	酉	辰巳	午	卯	丑寅	子	戌亥	未申	丑寅	卯	午	辰巳	酉	未申	戌亥	子
절체(絶體)△	子	戌亥	丑寅	未申	午	酉	辰巳	卯	午	未申	丑寅	戌亥	子	卯	辰巳	酉
유혼(遊魂)△	未申	午	辰巳	子	戌亥	卯	丑寅	酉	戌亥	子	辰巳	午	未申	酉	丑寅	卯
화해(禍害)×	丑寅	卯	子	辰巳	酉	午	未申	戌亥	酉	辰巳	子	卯	丑寅	戌亥	未申	午
복덕(福德)○	辰巳	酉	未申	丑寅	卯	戌亥	子	午	卯	丑寅	未申	酉	辰巳	午	子	戌亥
절명(絶命)×	戌亥	子	卯	午	未申	辰巳	酉	丑寅	未申	午	卯	子	戌亥	丑寅	酉	辰巳
귀혼(歸魂)△	午	未申	酉	戌亥	子	丑寅	卯	辰巳	子	戌亥	酉	未申	午	辰巳	卯	丑寅

단, ×표 닿는 날은 화해 · 절명일이므로 피하라.

나이는 만 나이가 아닌, 현재 나이를 기준으로 하며,
입춘일을 기준으로 한다.
생기 · 복덕 일람표는 해마다 발행되는
〈택일력〉을 구입하면 쉽게 볼 수 있다.

택일은 명리 전문가에게 의뢰하여 개인의 사주를 감안한 길일을 택하는 것이 좋으나 그렇지 못할 경우에도 택일력을 보아 당사자의 나이를 찾아 생기, 복덕, 천의일을 택하고 화해나 절명일을 피한다면 흉함을 면할 수 있다.

(택일력의 이사방위 일람표는 54쪽에 실었으니 참고하시기 바란다.)

이사를 가려는데 방향과 날짜가 궁금해요

● ● ◑ ◑ ○

이사를 하는 이유는 경제적, 사회적으로 매우 다양할 것이다. 이사는 가족 전체가 움직여 영향을 받는데 가족 구성원 모두에게 방향이나 날짜 등이 좋으면 더할 나위 없겠으나 세대주를 기준으로 길흉을 판단하는 것이 보편적이다.

이사를 하게 되는 운은 한두 가지 요소로 단순하게 판단할 수는 없지만 세대주 사주의 월지가 충이 되거나 합이 되는 경우가 많다. 또는 가정궁을 나타내는 사주팔자의 일지를 충하게 되어도 변화가 있을 수 있다. 특히 역마충을 하게 되거나 합이 되어도 이동수가 생긴다. 또한 문서운이 있는 해에는 매매와 문서계약이 많이 발생하는데 문서계약으로 인한 이동이 발생할 수도 있다.

◑ 손없는 날

이사를 별 생각 없이 쉽게 다니는 경우도 있지만 대부분 손없는 날을 선호하고 이사방위를 따져서 이사를 한다. 잘 모르는 사람은 걱정도 되고 궁금하기도 할 일이다. 흔히들 손없는 날이라고 하는 음력 9, 10, 19, 20, 29, 30일은 이사비용이 비싸고 모두들 그날 이사하려 하므로 이삿짐센터 예약도 미리미리 해야 한다.

 손없는 날을 택하는 것은 태백살을 피하기 위함으로, 예로부터 태백살 방위에는 움직임을 삼가라고 했는데 손없는 날이란 태백살이 하늘로 올라가 쉬는 날이다. 여기서 손이란 손실, 손해라고 이해하면 된다.

손없는 날의 활용법

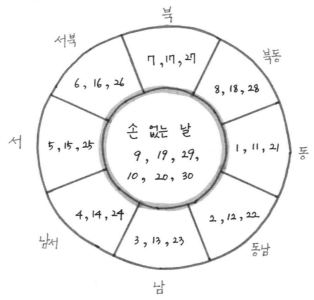

● 삼살방

삼살방은 세살(歲煞), 겁살(劫煞), 재살(財煞)의 불길한 살이 낀 방위를 말한다. 해마다 바뀌는데 표로 작성해서 보면 이해가 쉽다. 예를 들어 사유축 년은 유를 중심으로 삼합이라 하여 서방의 기운이 중심인데 이 방향과 대충되는 방향인 동방이 삼살방이 된다.

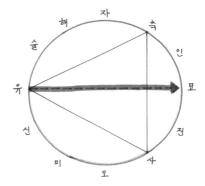

- 사유축 년 (뱀, 닭, 소)
  - 묘(정동방)
- 해묘미 년 (돼지, 토끼, 양)
  - 유(정서방)
- 신자진 년 (원숭이, 쥐, 용)
  - 오(정남방)
- 인오술 년 (호랑이, 말, 개)
  - 자(정북방)

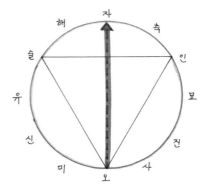

● 대장군방

- 사오미 년(남방) – 정동방
- 해자축 년(북방) – 정서방
- 신유술 년(서방) – 정남방
- 인묘진 년(동방) – 정북방

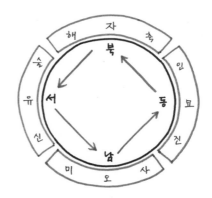

대장군방의 위력은 삼살방보다는 약한 것으로 알려져 있다. 대장군방은 3년마다 한 번씩 바뀌는데(삼살방은 매년 바뀐다) 동서남북을 기준으로 시계방향으로 3년씩 뒤따라오게 된다. 이사를 갈 때에는 삼살방, 대장군방, 택일력의 이사방위 이 세 가지를 중심으로 살펴보면 무난하다. 예를 들어, 올해 무술년에 이사를 한다고 해보자.

- 삼살방 : 인오술 – 자(북방)
- 대장군방 : 신유술 – 오(남방)

삼살방인 북방(나쁨), 대장군방인 남방(나쁨)을 피하고, 가장의 나이에 따른 택일력을 참조하여 길흉을 판단하는 것이다.

택일력의 이사방위 일람표

연령(당)	남자 연령									여자 연령								
남녀 연령	1 10 19 28 37 46 55 64 73 82	2 11 20 29 38 47 56 65 74 83	3 12 21 30 39 48 57 66 75 84	4 13 22 31 40 49 58 67 76 85	5 14 23 32 41 50 59 68 77 86	6 15 24 33 42 51 60 69 78 87	7 16 25 34 43 52 61 70 79 88	8 17 26 35 44 53 62 71 80 89	9 18 27 36 45 54 63 72 81 90	1 10 19 28 37 46 55 64 73 82	2 11 20 29 38 47 56 65 74 83	3 12 21 30 39 48 57 66 75 84	4 13 22 31 40 49 58 67 76 85	5 14 23 32 41 50 59 68 77 86	6 15 24 33 42 51 60 69 78 87	7 16 25 34 43 52 61 70 79 88	8 17 26 35 44 53 62 71 80 89	9 18 27 36 45 54 63 72 81 90
천록(天祿) 길	동	서남	북	남	동북	서	서북	중	동남	동남	동	서남	북	남	동북	서	서북	중
안손(眼損) 불리	동남	동	서남	북	남	동북	서	서북	중	중	동남	동	서남	북	남	동북	서	서북
식신(食神) 길	중	동남	동	서남	북	남	동북	서	서북	서북	중	동남	동	서남	북	남	동북	서
증파(甑破) 불리	서북	중	동남	동	서남	북	남	동북	서	서	서북	중	동남	동	서남	북	남	동북
오귀(五鬼) 불리	서	서북	중	동남	동	서남	북	남	동북	동북	서	서북	중	동남	동	서남	북	남
합식(合食) 길	동북	서	서북	중	동남	동	서남	북	남	남	동북	서	서북	중	동남	동	서남	북
진귀(進鬼) 불리	남	동북	서	서북	중	동남	동	서남	북	북	남	동북	서	서북	중	동남	동	서남
관인(官印) 길	북	남	동북	서	서북	중	동남	동	서남	서남	북	남	동북	서	서북	중	동남	동
퇴식(退食) 불리	서남	북	남	동북	서	서북	중	동남	동	동	서남	북	남	동북	서	서북	중	동남

나이는 만 나이가 아닌, 현재 나이를 기준으로 하며,
입춘일을 기준으로 한다.

참고로, 방위에 대한 살은 누구에게나 해당되는 절대적인 것은 아니다. 기운이 약하거나 안 좋은 사람의 경우에 살의 피해가 있게 되는데 3대가 모여 살거나 임산부, 갓난아기가 있는 집, 신을 모시는 사람, 가족의 과반수가 삼재에 해당될 때 특히 주의를 요한다.

음양오행에 숨은 약속, 새끼손가락 걸기

● ● ◑ ◔ ○

우리 몸속에는 기혈이 순환하는 주요 통로로 경맥(經脈)이라는 것이 있다. 심장을 주관하는 경맥은 심장에서 시작하여 새끼손가락에서 끝나는데 새끼손가락 끝지점에 혈이 있다.

요즘은 약속이라는 개념이 예전과 많이 달라졌으며 바쁜 일상에 쫓겨서 그런지 소중히 여기지 않는 경향이 있다. 약속에도 여러 부류가 있겠지만 예전에는 남녀 간의 밀애의 약속이나 변치 말자는 사랑의 언약을 할 때는 새끼손가락을 걸어 맹세하곤 했다. 왜 다른 손가락이 아니고 굳이 새끼손가락을 걸어서 굳은 사랑의 맹세와 약속을 했을까?

여기에도 음양오행의 깊은 뜻이 숨어 있다. 동양사상은 음양과 오행의 사상을 떠나 존재할 수 없는데 우리 몸의 각 장부도 그 기능과 역할을 잘 살펴 음양오행의 특성에 맞도록 배속시켜 놓았다.

그 중에 심장은 정열, 뜨거움, 의리 등을 떠올리게 하는데 심장(마음)으로 맹세한 일은 어떠한 일이 있어도 절대 깨질 수 없는 행위이다. 그러면 약속할 때 새끼손가락을 거는 행위에 대하여 이유를 찾아보자.

우리 몸속에 경맥은 모두 12개가 있으며 몸속의 장부와 직접적으로 연결되어 있고 일정한 규칙을 가지고 순환한다. 각각의 경맥별로 몸을 순행하는 부위가 정해져 있다.

12개 경맥 중에는 수소음심경이라는 경맥이 있다. 수소음심경은 우리 몸의 오장육부 중 심장을 주관하며 (심중으로부터 일어나 심계라는 곳에 속하는데 경맥에는 모두 9개의 혈이 있다) 겨드랑이 밑에서 나와 새끼손가락 안쪽 끝에서 끝나게 된다. 새끼손가락 안쪽의 혈을 소충혈이라고 하는데 수소음심경의 최끝단의 혈이며 심장에서 시작한 경맥의 종착지이다. 즉 소충혈은 심장의 끝이다. 약속을 하면서 새끼손가락을 걸게 되면 두 사람의 손가락의 소충혈과 소충혈이 서로 맞닿게 된다. 즉 손가락의 소충혈의 연결은 두 사람의 심장과 심장이 닿게 되는 것과 같으며 새끼손가락을 거는 행위는 심장과 심장을 연결하는 것과 같으므로 약속의 진정성을 담보하는 데 있어 이보다 더 강력한 의식은 없는 것이다.

예전에는 사랑하는 남녀가 새끼손가락을 걸고 결혼을 약속하면 그 약속을 깨는 것은 생각도 못했는데 요즘은 왜 이렇게 약속의 의미가 퇴색되었을까? 아마도 음양오행의 숨은 뜻을 진정으로 이해하지 못해서일 것이다. 요즘은 새끼손가락 거는 것만으로는 부족해 엄지손가락으로 지장을 찍고 손바닥으로 복사도 하여 약속의 진정성을 확인하곤 하는데 새끼손가락을 걸어 약속하는 진정한 의미를 안다면 손바닥으로 복사하고 엄지손가락으로 도장찍지 않아도 충분할 것이다.

약속을 하면서 새끼손가락을 걸게 되면
두 사람의 손가락의 소충혈과 소충혈이 서로 맞닿게 된다.
즉, 손가락의 소충혈의 연결은 두 사람의 심장과 심장이
닿게 되는 것과 같으므로 새끼손가락을 거는 행위는
심장과 심장을 연결하는 강력한 의식이라고 할 수 있겠다.

윤달에 태어난 사람의 사주는 다른가요?

● ● ◐ ◑ ○

평달과 윤달의 사주팔자의 생년월시를 산정하는 방법은 다르지 않다. 윤달은 대략 3년에 한 번씩 있다. 정확히는 19년 동안 7번 있다. 음력은 양력보다 1년에 약 11일 정도 적은데 윤달은 양력과 음력의 차이를 맞추기 위해 있는 것이다. 따라서 음양오행으로 사주팔자의 기운을 판단하는 방법에는 차이가 없다. 하지만 예로부터 윤달에 행했던 일들을 살펴보거나 윤달의 기운이 주는 의미를 생각해보면 선조들은 그 기운의 차이를 믿고 있었다.

윤달은 음력과 양력의 차이에서 생기는 기운이 모아져 생긴 것이므로 부족함을 채우는 의미가 있다. 생일이 윤달인 사람은 음력으로는 매년 생일을 맞이할 수 없지만, 양력 생일로 하면 되므로 별 문제는 없을 것이다. 사주팔자를 분석하는 일은 천지변화의 기운과 관련되어 있다. 윤달을 평달과 다른 특별한 기운으로 생각해본다면 이 달에 태어난 사주는 일반 사주보다 다른 기운을 가지고 태어났다고 할 수 있다. 기운의 차이에서 오는 영향력이 다를 수 있다는 의미이므로 윤달의 사주를 가진 사람들은 특별한 사명감을 받은 것으로 생각해도 좋겠다.

숫자와 운의 관계가 있는지요?

● ● ◑ ◑ ◔ ○

　우리 생활에서 숫자를 떼어놓고 살 수가 없다. 전화번호, 주민번호, 비밀번호… 심지어는 한 달간 열심히 일해서 받는 급여도 통장에 숫자로 들어온다.

　숫자는 생활과 밀접하게 관련되어 매우 편리하게 사용되므로 신이 준 선물이라고도 하는데, 천간 지지에 배정하는 방법에 따라 선천수와 후천수로 구분한다. 구분하는 방법은 학설마다 각기 다르고 복잡한데 근거가 부족한 경우도 많아 일일이 다 설명할 수 없다. 명리학적으로 가장 많이 사용하는 이론으로는 숫자에도 분명히 기운이 존재하므로 본인과 잘 맞는 숫자가 있다.

　음양오행적으로 1,6은 수를 나타내며 2,7은 화, 3,8은 목, 4,9는 금, 5,10은 토를 나타낸다. (2장 165쪽 〈오행의 속성〉 참조) 사주팔자의 오행 구조를 보아 사주팔자에 모자라거나 필요한 숫자를 사용하면 좋다. (숫자의 길흉을 산정하는 방법은 학문마다 차이를 보인다)

　일상생활 속에서 숫자를 사용하는데 있어 분명히 운에 영향력은 있으나 그 작용력은 그다지 크지 않다는 게 공통적인 견해이며 보편적으로는 약 3~5% 정도 영향이 있다고 보면 무난하다. 하지만 시험이나 선거의 당락도 1% 미만의 차이로 결정되기도 하는데 좋은 숫자를 습관적으로 사용하면 운의 개선효과 면에서 그 작용력이 결코 작다고만은 할 수 없다. 본인에게 잘 맞는 숫자를 찾아 사용하면 좋을 것이다.

음양오행으로 보는
한국에 커피전문점이 급격히 늘어나는 이유

● ● ◐ ◑ ○

우리민족을 한민족이라고 한다. 원래 韓民族이지만 한이 많아 한민족이라고 하는 우스개소리도 있다. 웃어넘길 일만은 아니고 실제 우리민족의 역사에는 여성들의 한이 많이 묻어 있다. 남존여비의 시절도 겪어왔고 참고 견디는 게 미덕이라고 교육을 받아온 탓도 있다. 화병은 이미 체질화되어 우리나라 여성의 삶의 동반자이기도 했다.

쓴맛을 가진 커피는 심장과 관련이 있는데, 심장이 강하면 말이 많다. 심장이 강한 사람은 담대하다. 웬만하면 할 말을 다 한다. (신맛은 간에 연관되고, 쓴맛은 심장, 단맛은 비장, 매운맛은 폐, 짠맛은 신장에 배속된다)

커피는 맛이 쓰므로 인체의 오장상 심장에 배속되며 심장에 좋은 음식이다. 간은 목에 속하고 심장은 화에 속하며 비장은 토에 속하며 폐는 금에 속하고 신장은 수에 속한다. 목화는 서로 상생하며 겉으로 발산하는 기운이며 금수는 상생하되 속으로 쌓여 모이는 기운이다. (2장 165쪽 〈오행의 속성〉 참조)

심장은 화의 기운으로 발산하는 본성을 가지고 있다. 그런데 발산하지 못하면 울분이 쌓이고 가슴에 화병이 생기는 것으로, 즉 심장이 제 기능을 못해 약해지는 것이다. 그러므로 심장이 강한 사람은 할 말을 다하고 사는데 심장이 약하면 가슴에 담고 살아가므로 심장에 병이 생기게 된다.

대체적으로 할 말 다하면서 살아가는 수다쟁이 아줌마들이 병도 적고 건강한 걸 보면 가슴에 쌓인 화를 수다로 풀어내기 때문인 것 같다. 공간적인 면과 대화의 대상에도 영향이 있겠지만 앞서 말했듯 음식이 장기에 주는 영향으로 보면 말이 없던 사람도 커피를 마시면 말을 많이 하게 된다.

술도 심장에 많은 영향을 주는 음식이다. 술을 먹으면 말이 많아지는 것도 같은 이유다. 심장이 강해지면 평소 말이 없던 사람도 수다를 떨게 되면서 마음속에 품은 말을 하며 자기도 모르게 스트레스가 풀리는 것이다.

요즘은 젊은 여성이나 중년 여성들이 커피숍에 앉아 담소를 하는 모습을 유리창 너머로 흔히 볼 수 있다. 여성의 교육기회 및 사회활동 참여가 늘어나며 경제활동의 주체로써 바잉파워도 대단해졌지만 성격도 많이 바뀌었고 할 말 다하는 세상이 되었다. 앞서 공부하는 젊은이도 많지만 커피숍(예전의 다방)의 원래 기능은 대화의 장소다. 웬만한 커피숍에는 여성이 더 많다. 대화의 장을 열어준 커피와 커피숍이 늘어날 수밖에 없는 환경이다. 커피값이 비싸기는 하지만 몇 천원에 스트레스를 풀고 건강해진다면 아까워할 일만은 아니다.

커피는 맛이 쓰므로 인체의 오장상 심장에 배속되며
심장에 좋은 음식이다. 심장이 강하면 할 말이 많다.
커피를 마시며 대화를 하다 보면 스트레스도 풀린다.
'한'민족의 역사라고 할 만큼 우리 역사에는
여성들의 한이 많이 묻어 있는데, 우리나라에
커피전문점이 급격히 늘어나고 있는 이유를
이처럼 음행오행으로도 풀어볼 수 있다.

올해 삼재라는데 안 좋은 일이 생기나요?

● ● ◐ ◐ ○

삼재는 본인의 띠와 관련하여 삼년씩 오는데 모든 사람이 해당된다.
- 호랑이, 말, 개띠는 신유술 년에
- 뱀, 닭, 소 띠는 해자축 년에
- 원숭이, 쥐, 용띠는 인묘진 년에
- 돼지, 토끼, 양띠는 사오미 년에 삼재에 해당된다.

삼재가 시작되는 첫해를 입삼재(들삼재), 둘째해를 묵은삼재 혹은 복삼재(伏三災), 마지막해를 날삼재 또는 출삼재라고 한다.

올해는 무술년으로 신유술에 해당되므로 호랑이, 말, 개띠의 출삼재가 되는 해이다. 삼재는 12년 주기로 오는데 모든 사람에게 해당되는 것이며 사람마다 겪게 되는 상황은 각 사주팔자의 운과 합쳐져서 나타나므로 영향력이 각기 다르다. 운이 아주 나쁜 경우에는 매우 혹독한 시련을 겪게 된다. 운이 좋으면 보통으로 지나가며 복(福)삼재의 경우는 오히려 좋아질 수도 있다.

삼재의 화(禍)는 천지인에서 오는 인재, 관재, 우환 등이며 사업실패,

부진, 송사, 형액, 사고, 질병 등으로 나타난다. 삼재는 삼합이론으로 보면 삼합 오행의 왕한 기운이 쇠하는 시기에 해당되며, 12운성 이론으로 보면 그 기운이 병지, 사지, 묘지에 드는 현상이다. 그러므로 계절로 말하면 겨울이요, 혹한기와 같으므로 모든 행동을 거두고 가만히 있어야 할 시기이다. 이때에는 누구를 막론하고 운이 좋든 나쁘든 마음을 겸허하게 갖고 미래를 준비하는 자세가 필요하다.

삼재 해에는 사업확장, 출타, 각종 행사 등에 각별히 주의해야 한다. 옛날에도 진술축미년 생은 출삼재년이 회갑에 해당되므로 불환갑이라 하여 환갑잔치를 하지 않았다고 한다. 특히 일가족 중 과반수 이상이 삼재에 해당되면 더욱 조심해야 할 것이다.

아주 심하게 삼재의 화(禍)를 당하는 경우에는 바른 마음가짐으로 정성껏 삼재 풀이를 하면 나쁜 기운을 소멸시키는 효과를 볼 수 있다고 한다.

남편 복 없는데 자식 복도 없는 팔자?

● ◑ ◐ ◔ ○

사주팔자란 본인이 가진 사주의 음양오행 여덟 글자의 작용력을 분석해서 다가올 운과의 영향력을 판단하여 미래를 예측하고 특히 가족 관계의 길흉과 복덕 유무를 알아보는데 유용하게 활용되어 왔다.

예전에는 여자의 경우 남편 잘 만나 행복하게 사는 게 가장 큰 복이라고 생각했다. 지금도 큰 틀에서 보자면 사람이 살아가는 행복, 특히 좋은 배우자와의 행복한 생활이라는 점에서 그 의미는 바뀌지 않았다. 하지만 요즘 여성들의 사회활동이 늘어나면서 여성의 사주 분석 중심이 단지 남편과 자식에게만 국한되지 않는 점에서는 차이가 있다.

남편 복이 지지리도 없는데 자식까지 속을 썩인다면 그 인생은 실로 재미없고 팍팍할 것이며 가정에서의 행복은 물 건너 간 것이나 마찬가지가 아닐까 생각한다.

그럼, 어떤 사주팔자가 그런 경우인지 독자들의 이해를 돕기 위해 물상론으로 설명해보기로 한다.

여자의 사주가 목(木)이라면 낳은 자식은 오행상 '목생화' 하여 화(火)가 될 것이다. 그리고 남편인 관(官)은 목인 나를 극하는 '금'이 될 것이다. 이러한 사주구조를 통해 알아본 가족관계의 복덕유무를 판단해보면 만약 이 여자의 사주에 물기운인 수(水)가 너무 많을 경우를 생각해보라! 남편인 금(金) 기운은 부인인 목(木)의 기운을 조절해주고 다듬는 좋은 역할을 할 때 육친의 정이 돈독해지겠지만 왕성한 물에 '금'이 빠져버리는 현상인 '수다금침' 되어 남편이 제 역할을 못할 것이며 태왕한 물기운은 자식인 불기운 '화'까지 꺼뜨리려고 할 것이다. 나무인 내가 어떻게 해보려고 해도 현실에서 물이 너무 많으면 나무가 물에 뜨는 현상이나 뿌리가 썩는 현상으로 나타나니 본인 또한 괴롭기는 마찬가지일 것이다. (남편이 나무인 부인의 가지를 쳐주며 도와줘야 하는데 '금생수'하여 뿌리가 썩도록 도와주고 있는 형상이다) 이런 사주를 보고 남편 복도 없는 데 자식 복도 없다고 말할 수 있다.

　사족을 달자면 위와 같은 사주에서 물인 수 기운을 인성(印星)이라고 부르는데, 즉 인성이 과다한 사주에 해당되며 인성이 편중된 여성의 사주는 그로 인해 남편성과 자식성이 상대적으로 약해지는 경향을 갖게

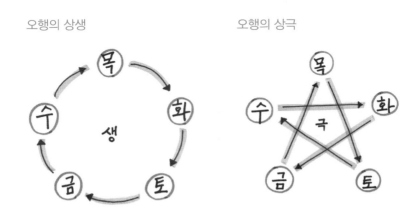

오행의 상생　　　　　　　　오행의 상극

된다. 좋게 말하면 인성의 고유한 상징인 순수하고 깨끗한 성품을 지녔다 할 수 있으나 실천보다는 이론적이며 남을 배려하지 못하는 본인 위주의 고집스런 성향이 되기 쉽다. 남편 복 자식 복 문제를 남탓으로 돌리기보다는 자신을 돌아보는 자세의 삶을 살아간다면 주어진 팔자인 운명의 틀에서 벗어날 수도 있다고 본다.

과부팔자, 서방 잡아먹을 팔자인가요?

● ● ◑ ◐ ○

명리학에서 관은 남편, 직업 등으로 본다.

계선편에 '歲月, 時中에 大怕는 官殺混雜이다' 하여 관살이 많은 것을 꺼리는데 특히 여자의 경우 관살혼잡(官殺混雜) 사주를 흔히 팔자가 드세다고 한다. 관은 남편이요, 살은 다른 남자라고 해석할 경우 관살이 혼잡하여 관살이 사주에 여러 개 나타날 경우 부부해로가 어렵고 한 남자로 끝나지 않고 다른 남자의 첩으로 가거나 여러 남자와 만나야 할 운으로 보았던 것이다. 이는 실로 남존여비의 사상에서 발로한 것으로 요즘 세대에 "너는 과부 팔자야"라고 말하면 여성단체로부터의 반발은 물론 정신 나간 자로 취급되어 무사하지 못할 것이다.

굳이 여성단체의 반발이 아니더라도 명리학적 해석도 시대가 바뀜에 따라 달라져야 한다. 관이라 하면 남편, 직장, 직업을 의미한다. 예전에는 여성의 사회진출이 없었으므로 직장은 없었고 굳이 직업이라면 기생 정도라고 할 수 있을 것이다. 그러므로 상기와 같은 해석이 가능했을 것이다. 그러나 지금은 여성의 사회진출이 늘어나면서 각종 공무원 시험합격을 비롯해 예술 등 많은 분야에서 남성을 능가하고 있다. 예전에는 감히 상상도 못했던 일이지만 시대와 환경이 변화하면서 여성에게 관이 더 이상 남편일 수만은 없고 직업이 그것을 대신한 지 오래다. 능력 있는 여성들은 본인의 커리어를 바탕으로 대기업, 금융기관 등은 물론 국가의 수장으로써도 역량을 발휘하고 있다.

현대에 관살혼잡 사주를 단순히 남편에게만 적용시켜 해석하는 것은 무리지만 육친적 해석에 있어서 그래도 여성의 관은 남편이므로 이것이 혼잡하다면 남편에게 소홀해질 수 있으며 남편 운은 부족하다고 보는 의견에는 반대하지 않는다. 유의할 점은 이 경우에도 사주명식을 잘 살펴보면 거류서배(去留舒配, 쓸데없는 관살은 없어지고 온전한 하나만 남는 것) 등으로 사주가 오히려 좋아지는 사례도 있기 때문에 일부 술사들의 말을 믿고 여자가 관살이 많으면 흉하다고 함부로 속단하는 일은 없어야 할 것이다.

사주팔자는 10개의 천간과 12개의 지지 중에 8개만을 취용하여, 변화하는 대운과 세운의 영향을 고려하여 길흉을 판단하는 것으로써 확률상으로도 한 사람에게 모든 좋은 것이 다 배속되기가 어렵다. 하나가 좋으면 나머지가 부실한 경우가 대부분으로 항상 겸허한 마음으로 최선을 다해 노력하고 운에 따라 그 결과를 기다리는 지혜가 필요하다.

'진인사 대천명'이라 하지 않았는가. 세상사 길흉은 돌고 도는 것이며, 부족한 것은 채워야 하고 넘치는 것은 덜어냄으로써 무탈해지는 것이 자연의 섭리다.

명심보감에 '각자무치(角者無齒)'라는 말이 있다. 뿔을 가진 동물은 날카로운 이빨이 없다는 뜻이다. 하늘은 한 사람에게 모든 재능을 다 주지 않는다. 예쁜 꽃은 열매가 보잘 것 없으며 열매가 좋은 과실은 꽃이 아름답지 않듯이 우주 자연의 이치는 매사에 공평하다.

겉보기에는 남부러울 것 하나 없는 것 같이 행복해 보여도 한두 가지 걱정 없는 사람이 어디 있겠으며 이는 명심보감이 주는 교훈과 같은 의미다.

그러면 '과부 팔자는 있는가'와 '남편을 잡아먹는 팔자인가' 하는 질문이 남는다. 그런 팔자는 있으되 결론은 '그렇지 않다' 이다. 과부란 남편이 죽고 없는 사람이다. 남편은 누가 죽이지 않아도 스스로의 운명으로도 죽을 수 있다. 그런데 여필종부, 남존여비 사상에 있어 그것을 여성의 탓으로 돌린 것이다. 물론 여자가 그런 팔자라면 어느 정도 상대에게 영향을 줄 수 있을 것이라 생각할 수도 있다. 인간의 흥망성쇠는 '사주팔자'도 중요하지만 '운'이라는 흐름에도 지대하게 영향을 받는다. 운을 이길 수 있는 장사는 없다.

운이 좋으면 '거관유살' 또는 '거살유관'하여 관살혼잡한 사주를 오히려 청정하게 만든다. 관살혼잡의 사주도 운을 잘 만나 병이 치료되면 오히려 병이 없었던 것보다 나아질 수 있는 것이다. 하지만 운을 잘못 만나 왕한 관살의 힘을 배가시키거나 형충파해의 현상으로 더욱 나빠질 경우 안 좋은 결과를 예측할 수 있을 것이다. 이런 사주는 확률적으로 일반 사주보다 운의 영향을 많이 받으므로 주의를 요하는 사주라 보면 되겠다.

그러면, 일단 선택한 배우자이고 부득이 같이 살아야 한다면 어떻게 하는 것이 좋을까? 헤어지는 것만이 능사가 아니라고 본다. 이미 사주의 운로를 안다면 운이 안 좋을 때는 피흉추길의 지혜를 통해서 부부간 매사의 행동에 주의할 것이며, 가능하다면 좋은 운이 돌아올 때까지 서로 잠시 떨어져 있는 것도 하나의 방편이다.

우주의 일정한 질서 속에 인간은 각자의 운로를 가지고 서로에게 영향을 주는 상대성 동물이다. 서로에게 좋지 않은 영향을 주는 상황이 예측되면 미리 예방적 조치를 할 수 있다. 그것이 명리를 알고자 하는 목적이며 공부하는 이유이기도 하다.

사람은 우주에 속해 있으면서 우주 질서의 지배를 받는 개체이다. 대자연의 원초적 질서를 거스를 수는 없지만 자연 질서를 파악할 능력이 있는 만물의 영장으로써의 인간은 수련된 정신력으로도 소운을 지배할 수 있는 부분이 반드시 있다. 개인의 운은 어느 정도는 스스로 만들어 나가는 것이며 "하늘은 스스로 돕는 자를 돕는다"는 말이 있듯이 자신의 운을 미리 알고 좋게 바꾸기 위해 노력하는 자에게 하늘은 극심한 고통을 주지는 않을 것이다. 신앙의 힘을 빌어도 좋고 남을 위해 봉사하는 것도 하나의 방편이 될 것이다.

그러면 해당 사주를 가진 배우자를 선택할 때 어떻게 하는 것이 좋을까?

명리학적으로만 이야기한다면 배우자 사주를 검토할 필요가 있다. 인생을 사는데 있어 배우자의 역할은 매우 중요하다. 배우자 선택 기준은 개인의 성패와 길흉에 있어 추가되는 영향을 분석하는 하나의 요소가 될 수 있다. 배우자의 사주가 나의 삶에 긍정적이지 않을 것이라고 예측되더라도 명리학의 지혜를 통한 부부 간의 예나 사랑으로 그러한 운명을 극복할 수 있다고 판단하면 굳이 살아보지도 않은 결혼생활에 선입견을 가지지 말고 각 개개인의 성향과 판단에 따를 것이며 참고 자료로 사용할 것을 권한다.

명리학적 사주 분석은 우주변화의 원리를 개인의 운로에 적용하여 길흉화복을 예측하는 것으로 수천 년의 역사를 가지고 있으며 미신이라는 수많은 박해에도 강호에 숨어 끝까지 살아남아 민족의 삶에 많은 영향을 주었고 아직도 우리 삶의 한모퉁이에 자리잡고 있다.

　서양식 교육을 받고 학식이 높은 요즘 젊은이들도 관심을 갖는 분야가 바로 이 명리학이며 한번쯤은 부모를 따라서 아니면 스스로 명리에 길을 물어본 젊은이들도 많다. 기대수명이 연장되어 가고 있는 불확실성의 시대에 이 학문에 대한 시장규모는 오히려 더욱 증가하고 있는 실정이다. 따라서 아직 밝히지 못한 명제가 있다면 미신이라고 무조건 배척할 것이 아니라 원인이 정확히 밝혀질 때까지는 선현의 가르침을 주의 깊게 관찰하는 지혜도 필요하다.

　예전에 관살혼잡이라 꺼렸던 여명의 사주도 신강하면서 관이 뚜렷한 경우에는 일주(日柱)가 능히 그 관을 감당하므로 요즘에는 사회적으로 큰 역할을 담당하며 훌륭한 신분으로 성장하는 경우가 많다.

동업하면 안 되는 사주가 있나요?

● ● ◑ ◐ ○

　사주팔자 이전에 '동업'의 개념부터 살펴보면 '서로 자본을 투자하고 함께 일하는 것'인데 보통 믿을 만한 사이에 서로의 친분을 신뢰한 상태에서 자본이나 경험 등 서로의 부족한 부분을 보충하여 시너지 효과를 얻고자 함이 대부분이다. 그리하여 성공의 사이클을 만나서 운영이 잘 되기도 하고 혹은 그 반대가 되기도 한다.

　기술을 투자했든 자본을 투자했든 서로의 장단점이 보완되어 훌륭한 성과를 지속한다 할지라도 사업의 번창과 쇠락에서 오는 굴곡을 잘 극복하지 못하는 경우를 자주 보게 된다. 그것은 인간의 심리에서도 잘 읽을 수 있다. 사주팔자 용어로 '군겁쟁재' 또는 '군비쟁재' 라고 불리는 사주가 있는데, 팔자 내에 나와 같은 오행이 군집되어 세력이 강하게 된 사주를 말한다. 이런 형태로 세력이 강해지면 오행의 생극제화 원리상 서로 재물을 다투게 되는데 이런 구성의 경우에는 사주팔자의 속성상 자연히 재물은 부족하게 되고 다투는 힘이 강해지므로 사업을 해도 좋은 결말을 못 보게 될 가능성이 많다. 이런 사주는 동업을 하면 본인은 물론이거니와 상대방도 피해를 보게 될 가능성이 매우 높아진다.

유의할 점은 이런 경우 극처(剋妻), 극부(剋父), 상처(傷妻), 파재(破財)의 가능성을 함께 가지고 있으므로 운의 변동을 유심히 살펴야 할 것이며 특히 경쟁심으로 인해 형제, 친구 간에도 득이 되기 어려운 경우가 많으니 유의해야 한다.

　나와 같은 오행이 많은 사주는 자존심이 강하고 경쟁에 우위를 보이는 특성이 있으며 남과 충돌하기 쉽다. 인간관계나 특히 남성의 경우에는 부부예절에 소홀하지 않도록 성정을 다듬고 욕심을 버리고 살아가는 것이 바람직한 삶을 살아가는 방편일 것이다. 반면 이런 사주의 장점은 배짱이 있으며 추진력이 강하다. 그러므로 세력이 강해진 힘을 적절히 활용하는 분야에서 자신의 타고난 특성을 찾아 직업을 선택하거나 활동한다면 장점을 충분히 활용할 수 있는 사주이며 사회적으로 성공하는 사람들도 많다.

　특히 운로를 잘 만나거나 사주의 장점을 미리 알고 개발한다면 남부럽지 않은 행복한 세월을 보내기에 충분한 사주이다.

좋은 이름은 어떻게 짓나요?

● ● ◐ ◐ ○

　이름이 갖는 의미는 실로 대단하다. 이름은 사물의 특성을 대변하는 것이요, 사물 그 자체이다. 호랑이는 죽어서 가죽을 남기고 사람은 죽어서 이름을 남긴다고 했다. 육체는 없어져도 이름은 없어지지 않는다.

　작명을 한다는 것은 소중한 생명의 탄생을 맞아 하얀 도화지 위에 처음으로 긋는 획이며 하나의 대상을 고유 명칭으로 특정지우는 성스러운 노력이다.

　아이를 낳은 부모의 기쁨은 세상 무엇과도 바꿀 수 없을 것이다. 그 기쁨을 아이에게 되돌려주고 싶음은 새삼 말할 필요가 없다. 대부분의 부모들은 아이를 낳으면 좋은 이름을 지으려고 고민한다. 아이 할아버지께 부탁드리거나 한학이나 명리를 공부하신 주변 어른에게 의뢰하여 이름을 짓는 경우도 있고 항렬에 따라 짓거나 작명소에 의뢰하여 짓기도 한다. 요즘 젊은 부부들은 예쁜 이름을 직접 짓기도 한다.

　예로부터 이름은 운을 좋게 하기도 하고 나쁘게 하기도 한다고 했다. 누구나 좋은 이름을 갖거나 짓기 위해 고민해왔다. 이름은 빈부귀천의 차이가 없이 부모님으로부터 받게 되는 최초의 선물이자 나만의 고유한 것이며 평생 함께하는 동반자이고 죽어서도 두고두고 후세에 의해 불려진다. 따라서 이름은 단순한 글자 이상의 커다란 의미가 있다.

성명학에서는 이름이 개인의 운명에 지대한 영향을 준다고 생각하여 작명시에는 음양오행의 조화를 이루게 하고 성명의 인자요소들이 의미하는 바를 잘 살펴 좋은 이름을 짓기를 권장한다. 단, 생각해 보아야 할 문제는 예전의 학문적 연구가 미진한 탓도 있었겠지만 이름이 운명에 미치는 영향에 대하여는 과장된 부분이 없지 않았으며 일부 악용된 사례들도 찾아볼 수 있다. 정확하지 않거나 과장된 논리는 궁극적으로는 대중의 외면을 받게 되는데 운명에 영향을 주는 것은 결코 한두 가지가 아니며 특히 이름 글자의 획수 한두 개가 나빠 평생 고생하게 되는 사례는 결코 발생하기 어렵다고 생각한다.

종종 팔자와 운을 설명할 때 자동차와 도로를 예로 드는 학자들이 많은데 소형 경차에 고급 세단의 이름을 붙인다고 중형차가 되는 것이 아니듯이 좋은 이름을 지어주었다고 해서 사주팔자가 바뀌는 것도 아니며 타고난 그릇의 크기가 정해져 있는데 좋은 이름을 가졌다고 해서 그 사람의 운명이 바뀌지도 않는다. 하지만 좋은 이름은 자동차의 옵션 중 하나가 될 수는 있다. 사주 상황에 따라 중요한 역할을 할 수 있으며 예로 에어백이나 백미러, 스페어 타이어, 와이퍼, 차량음향 등을 들 수 있겠다.

실질적으로 누구나 완벽한 사주를 갖고 태어나기 어려우므로 부족한 부분을 좋은 이름을 통하여 그 운을 개선해주고 더 나은 삶을 살아가도록 보완해줄 수 있다.

인간의 삶의 완성도를 100%라고 보면 태어나면서 부여받는 선천운인 사주팔자의 영향이 약 40% 정도, 환경적 요소인 후천운은 나머지 30% 정도가 될 것인데 후천운에는 유전인자와 조상의 음덕, 지리적 성장환경 등을 들 수 있다. 나머지는 인간이 살아가면서 개운하는 범위가 30% 정도 된다. 이 부분은 인간이 만드는 운의 개선범위에 속한다.

물론 성명학자들은 이름의 영향력을 더 크게 볼지 모르겠으나 필자는 성명이 주는 운의 영향은 약 3~5% 정도라는 의견에 동의한다. 하지만 3~5%도 후천운 형성에 결코 적지 않은 영향력을 행사한다.

결론적으로 이름이 다소 나쁘다고 해서 사람의 본질적 운명이 크게 좌우되지는 않으며 단지 본인이 걸어갈 미래에 영향을 줄 수 있다고 보는 것인데 요즘 같이 미래가 불확실한 시대에는 본인 신상에 관한 모든 사항들을 꼼꼼히 검토하고 준비하는 자세가 필요할 것이다.

예를 들어 다가오는 운이 흐리고 비가 오는 운이라면 좋은 이름을 통한 추가 옵션으로써 자동차의 와이퍼를 좋은 것으로 갈아주고 브레이크 등을 보완해주는 역할을 하게 되면 다소 어려운 운을 만났더라도 안전하게 극복해낼 수 있으며 시간이 지나 다시 맑게 개인 운을 만났을 때는 남들보다 더 잘 달릴 수 있는 준비가 되어 있을 것이다.

따라서 위에서 검토하였던 내용들을 감안하여 작명을 하게 되면 부모 스스로의 힘으로도 좋은 이름을 작명할 수 있고 아이도 그런 이름을 가질 수 있는 것이다.

타고난 사주팔자도 좋고 운도 좋아서 탄탄대로를 걸을 운이라면 이름에 크게 영향을 안 받고도 잘 성장할 수 있으니 너무 염려할 필요는 없다고 본다.

하지만 좋은 브랜드를 가진 제품이나 회사가 대중으로부터 인기도 있는 것처럼 길이 보전될 수 있고 개성을 살릴 수 있는 것이 이름이라면 좋은 이름에 투자하는 것은 매우 가치가 있는 일이다.

사주팔자를 분석한 음양오행의 조화를 통한 이름까지 고려하려면 매우 오랜 시간 공부를 해야 하므로 명리학적으로도 좋은 이름을 짓고 싶다면 음양오행을 제대로 공부한 훌륭한 선생님의 도움을 받으면 된다.

요즘에는 부모님이 지어주신 이름이 마음에 들지 않거나 사업가의 경우 사업의 성공과 관련된 이름을 원하거나 연예인의 경우 대중의 영향을 고려하여 개명을 많이 한다. 예명을 쓰거나 아호를 사용하는 사람들도 늘어나는 추세이며 법원에서도 적극적으로 개명의지에 지원을 하고 있다. 개명을 하는 이유도 여러 가지로 많지만 좋은 이름이란 과연 무엇일까?

우선, 이름은 부르기 쉬워야 하고 듣기에 좋으며 쓰기 쉬워야 한다. 이름 속에 좋은 의미도 있어야 한다. 고유성과 개성을 가지고 있어 다른 사람에게 좋은 의미로 기억되기 쉬워야 한다. 세련미가 있고 현대적 감각과 미래지향적으로 글로벌한 이름이 좋다.

작명시에는 선천운의 장점은 배가시키고 단점을 보완하여 후천적으로 기운을 상승시키는 이름이 좋은데, 사주와 배합이 잘 되면 좋은 에너지를 생성시킨다고 본다.

시중에 작명서가 많이 나와 있고 학설도 여러 가지가 있지만 공통적인 기본 이론을 작명에 참고하면 좋은 이름을 지을 수 있다.

어떤 작명법을 사용하든지간에 기본적으로 검토해야 할 요소는 다음과 같은 것들이 있다.

◉ 음양의 조화 (한자 획수로 본다)

- 성+이름 : 한자획수로 짝은 음, 홀은 양이다.

  (양+음양, 양+양음, 음+양양, 음+양음 구조)
- 원형이정 (81격 수리)

◉ 음령오행 (소리오행)

한글 소리 자음으로 판단하며 소리에서 나오는 기운을 본다. (훈민정음 운해본 기준)

- 목 : 가, 카
- 화 : 나, 다, 라, 타
- 토 : 아, 하
- 금 : 사, 자, 차
- 수 : 마, 바, 파

◉ 자원오행 : 한자 어원을 파악한다. (사주의 부족한 부분을 보충하여 작명한다)

◉ 사주 분석 (명리학적 요소) : 격국(사회활동), 억부(사주 강약에 따라 필요한 것), 조후(온도, 습도)

● 피해야 할 글자

- 역할이 맞지 않는 이름

  (예: 장남에게 다음 차, 작을 소 / 차남에게 먼저 선, 클 태, 큰 대)

- 두 가지 이상의 소리음이 나는 한자

- 뜻이 나쁜 한자

등등이 있다.

작명을 스스로 하려는 경우에는
출간된 좋은 작명도서를 참고하는 것도 좋다.

잠잘 때 머리두면 안 되는 방향이 있다고요?

● ● ◑ ◐ ○

　이 세상의 만물은 상생상극의 기운을 받게 되는데 사람도 태어난 해의 기운과 상극의 방위가 있다. 해당 방위로 머리를 두고 자게 되면 살(殺)을 맞게 된다고 하는 방위로써 회두극좌가 있다. 예로부터 묘자리를 쓸 때에도 회두극좌를 살펴 후손의 길흉을 예측하였다. 이러한 사례를 보더라도 좋지 않다는 상극의 방위는 피하는 게 좋겠다.

　풍수의 방위는 모두 24방위로써 1개의 궁에는 3개의 좌가 들어 있다.

　방위적 길흉을 측정하는 방법에는 해당 출생년도 위주로 계산하는 방법과 사주팔자를 분석하여 필요하거나 부족한 오행을 찾아 확인하는 방법이 있다. 두 가지가 일치하거나 그렇지 않을 경우가 있는데 일치한다면 더욱 유의깊게 살필 일이고 일치하지 않더라도 겸용하여 참고하는 것이 좋다.

중궁 中宮	갑자				무오	기유	경자	신묘	임오	계유
건궁 乾宮	갑술	을축				기미	경술	신축	임진	계미
태궁 兌宮	(갑신)	을해	병인				경신	신해	임인	계사
간궁 艮宮	갑오	을유	병자	정묘				신유	임자	계묘
리궁 離宮	갑진	을미	병술	정축	무진				임술	계축
감궁 坎宮	갑인	을사	병신	정해	무인	기사				계해
곤궁 坤宮		을묘	병오	정유	무자	기묘	경오			
진궁 震宮			병진	정미	무술	기축	경진	신미		
손궁 巽宮				정사	무신	기해	경인	신사	임신	

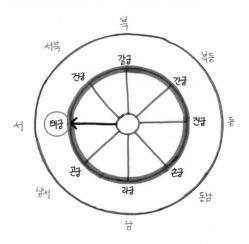

예를 들어, 갑신년 생이라면 '태궁'이므로,
서쪽으로 머리를 두고 자면 좋지 않다.

선비가 재를 탐내면 망하게 되나요?

● ● ◐ ◔ ○

가끔 뉴스에서 유명학자나 교수가 뇌물사건에 연루되는 기사를 접할 때가 있다. 학자의 근본은 학문연구요, 학문의 성취를 통한 명예로 존중받는 것이 당연지사이며, 재물은 그에 따르는 것이지 재물에 먼저 욕심이 가면 진정한 학자로서의 존엄성이 떨어질 수밖에 없지 않겠는가? 특히 국민의 건강과 생명을 담보하는 일에 있어서 거짓 허위 논문 등으로 학자들이 뇌물에 연루된 사건들을 보면 실로 안타까울 따름이다.

사주용어에 '탐재괴인(貪財壞印)'이라는 표현이 있다. 재성이 인성을 무너뜨린다는 뜻이다. 인성은 교육, 종교, 문학 등을 나타내고 재성은 재물을 나타낸다. '갓쓰고 장사한다'는 말도 있다. 무언가 어색한 모양새다. 선비는 공부를 해야 하는데 돈을 탐내어 장사를 한다면 어울리지도 않을 뿐더러 되는 일도 없이 도포자락에 구정물만 튀길 것이다.

장사의 기본은 고객을 왕으로 섬기며 낮은 자세로 임해야 하는데 돈 좀 벌면 업주들이 갑질하는 사례가 뉴스에 종종 등장한다. 그렇게 되면 번 돈을 사회에 환원할 때가 된 것이다. 본인은 원하지 않겠지만.

음양오행의 생극제화의 원리를 보면 재성이 인성을 극하는 구조로 되어 있는데 재성을 추구하다 보면 인성은 자연히 망가질 수밖에 없다. 예전에는 돈 많은 부자는 글이 부족한 경우가 많았고 글이 높은 학자는 돈이 풍부하지 못했다. 예전처럼 탐재괴인의 논리가 다 들어맞지는 않는 시대가 되었지만 학자나 문인이 재물을 탐하면 명예롭지 못한 경우가 아직도 많은 편이다. 요즘은 교수나 교사뿐만 아니라 학식을 높이 쌓아 어려운 시험의 관문을 통과하고 관공서에서 근무하는 공무원도 학자의 범위라 볼 수 있으므로 가끔 발생하는 뇌물사건을 보면, 명예와 재물이 함께하기는 쉽지 않은 듯하다.

관운이나 인성의 운이 좋아 관인상생되어 승승장구하면서 요직에 앉은 사람이 재운을 만나면 좋다고 할 수 없으며 재물 수뢰죄를 범하기 쉬운 경향이 있으니 운을 잘 살펴서 인성의 품위를 잃지 않는 지혜가 필요하다.

인성을 위주로 명예로운 삶을 추구하는 사주는 재성운이 오는 걸 반기지 않는데 이때 단순히 돈을 잃지 않더라도 건강을 해치는 모습으로도 나타날 수 있으므로 유의할 일이다. 학문을 추구하는 선비의 사주를 타고난 사람들에게 재성운이 오는 것은 좋지 않지만, 그렇다고 모두 재성운에 망하는 것은 아니다. 또한 사주 구성상 인성이 지나치게 과다하여 오행의 중화조절이 필요한 경우에는 재성이 인성을 적절히 다스려주는 역할을 하므로 재성운에 오히려 좋아지기도 하니 자세히 살펴볼 일이라 했다. 예외 사례에 대한 주의를 요하는 사주명리학의 지혜를 엿볼 수 있는 대목이다.

독수공방하는 여자 팔자가 따로 있는지요?

● ● ◑ ◐ ○

    예전에 명리학이 생길 무렵부터 근현대에 이르기까지 사회구조는 남성 위주였기 때문에 여성에 불리한 사주팔자 해석이 많았다. 여성의 팔자는 주로 남성의 성패에 의해 결정되었으므로 독수공방 팔자니, 남자 잡을 팔자니 하는 사주풀이가 있었던 것이 사실이다.

    이번 독수공방 사례는 재미로 공부하는 차원에서 이해해 주시기를 바란다.

    사주 구성상 한 가지 오행이 유독 많으면 좋은 사주가 되기 어렵다. 사주팔자 여덟 자가 균형을 이루지 못하고 부족한 오행이 많으면, 중화를 기본으로 하는 사주 분석상 불리해질 수밖에 없다. 각 오행은 육친, 즉 가족관계상으로도 제 역할을 담당하는데 아예 없거나 너무 많아도 부부, 자식, 형제, 부모의 역할 또는 기능적 해석에서 불리하게 작용하기 쉽다. 어쨌든 여성의 팔자 중에 본인과 같은 오행을 비견, 겁재라고 부르는데 만약 본인이 토의 기운이라면 비견겁의 오행은 역시 토의 기운을 가진 오행이다. 남자로 보면 비겁은 형제요 여자로 보면 자매라 할 수 있다.

나와 같은 오행이 많을 때의 폐해는 남자든 여자든 나와 동질의 오행 (비겁)은 재를 극하는 성질인데 남명의 재는 여자(처)요, 돈이요, 아버지다. 여명의 재는 시어머니요, 돈이요, 아버지다. 즉, 이런 경우 재물 손실과 극부하는 사례는 남녀를 막론한다.

여자의 경우 비겁은 남편의 여자들이니 경쟁자로써 이런 사주 구조의 여명은 남편을 빼앗기는 일도 생겼다.

요즘은 제도적, 윤리적, 문화적으로 남자의 외도나 이중살림의 길이 막혀 있지만 이런 사주구조를 가진 사람들의 사주의 기운은 그대로 잠재하리라 본다. 따라서 언제라도 기회가 생기면 본성에 따라 움직일 가능성이 높다고 할 수 있다.

예전에는 남자는 바깥 사회활동이 많았으므로 재물을 다투는 형상과 관련된 문제가 많았고, 여자는 주로 집안에서 생활을 하였으므로 처첩 문제로 가정 불화가 많았다.

고서에서는 이런 사주 구조의 여자를 방만 지키고 있는 여자로 해석했고, 두 여자가 같은 남자를 놓고 다투고 살며 남편이 각방 쓰며 '동가 식서가숙' 한다고 했다. 요즘 같으면 맞아 죽거나 이혼 당하기 딱 좋은 남자들이다!

이혼하는 사주팔자가 있나요?

● ◐ ◐ ◑ ○

이혼하는 부부가 급증하고 있다. 예전에는 이혼하면 가문의 수치로 알던 때도 있었으나 지금은 여성의 사회활동이 늘어나고 역할이 커지는 세상이므로 이혼에 대한 인식도 많이 바뀌었고 부부의 상호존중, 역할 등에 만족하지 못하면 이혼을 적극 검토하는 환경이 되었다.

사주 분석에는 부부의 길흉을 판단하는 기준이 있다. 부부궁이라고 하는 것, 즉 배성으로 배우자의 상황을 살펴보는 것이다.

첫째,

배우자를 표시하는 배성이 사주에 뚜렷이 나타나 있는지, 뿌리는 튼튼한지, 뜬구름과 같지는 않은지, 사주에 숨어 있는지, 다른 것들에 한눈 팔고 있는지, 다른 오행과 충돌하고 있지는 않은지, 배성이 너무 많거나 아예 없는지 등을 본다. 배성의 기운이 원활히 움직일 수 있도록 생화유통이 잘 되는지도 본다.

만약 배성이 없을 경우에도 부부 길흉을 판단하는 방법이 따로 있으므로 부부 인연이 없는 것은 아니다.

둘째,

사주팔자에서 배우자의 자리라고 칭하는 '궁'의 위치와 상태를 보는 방법이 있다. 즉, 배성이 제자리에 앉아 있는지, 사주에 좋은 역할을 하고 있는지, 아니면 사주를 파괴하거나 방해하는 역할을 하는지 등을 살펴본다.

셋째,

사주팔자의 구성으로 볼 때 배우자와의 관계는 상호간 사주의 온도와 습도가 잘 맞아야 한다. 자연현상에서도 온도 습도가 잘 조화되어야 생명이 잘 자라고 열매를 맺을 수 있듯이 사람에게도 한난조습이 잘 되어 있는지를 보아 사주의 궁합이 원활한지를 판단한다. 사주의 힘의 강약이 적절하여야 배성을 감당하는 능력이 있으며, 배성을 극하는 요소는 없는지 등을 함께 검토한다. 사주 분석시 음양오행 변화의 제반 사항을 한난조습의 원리로만 해석할 수는 없다. 한난은 만물생성의 원리이고 조습은 수화상성의 원리이다. 부부의 합을 볼 때는 생극제화와 더불어 한난조습이 매우 중요한데 차가움이 있으면 따뜻함으로 만물이 생겨나 이루게 하고 메마름이 있으면 축축함을 만나야 이루어지는 것이다.

마른나무에 꽃이 필 수 없듯이 생육의 환경을 보는 것이 남녀 궁합에서는 매우 중요하다. 생육환경이 맞지 않을 경우에는 겉으로는 잘 맞는 부부처럼 보일 수 있어도 건강상의 문제나 한난조습의 부조화로 인해 실상은 무늬만 부부인 경우도 발생할 수 있다.

궁합에는 여러 가지 논리와 분석 방법이 있겠으나 위에 검토된 내용을 바탕으로 잘 분석해본다면 명리학에서 판단하는 부부 인연이 좋은 사람과 그렇지 못한 사람이 있을 수 있다.

부부 인연이 좋지 않은 사람과는 해로하기 어려운 경향이 있으며 이혼하기 쉬운 팔자라고 할 수 있는데 가능하면 궁합이 좋은 사람과 결혼하는 것이 좋다. 음양오행의 조화 이외의 부분으로도 부부관계를 형성하는 요소들이 있으므로 경우에 따라 이혼이 불가피하다 판단된다면 이혼이 크게 흉이 아닌 세상이 되었으므로 예전의 사고방식이나 의미에 그다지 신경 쓸 필요는 없지 않을까 생각한다.

원칙적으로 부부운 관련 사주 분석은 본인 위주로 하지만, 본인의 사주팔자로 부부운과 길흉을 판단했더라도 부부의 길흉 판단은 상대성을 가지고 있으므로 배우자 사주도 함께 확인하여야 한다. 또한 운의 흐름에 따라서도 부부 길흉이 바뀔 수 있으므로 부부 길흉을 단정하기에 앞서 배우자 사주와 운의 흐름까지 함께 보았는데도 좋지 않다면 이혼할 확률이 더 높아질 수 있겠다.

사주를 제대로 보려면 공부와 수련의 깊이가 있고 마음이 맑은 명리학자를 찾아 문의하여야 한다. 명리학은 학문적 지식도 중요하지만 마음이 맑지 못하면 상대를 제대로 파악하지 못하기 때문이다. 개인의 명리를 파악하는 일은 책을 많이 읽고 사주팔자 공식을 모조리 암기한다고 해서 되는 게 아니다. 마음이 정화되지 않으면 상대를 읽을 수 없으며 상대를 파악하기 위해서는 학문은 기본이며 많은 정신적 수련이 필요하다.

사주에 백호살이 있다는데 무엇인지요?

● ● ◐ ◑ ○

    사주팔자에 살이 있다 하면 왠지 기분 나쁘다. 백호살은 그 영향력을 크게 보아 백호대살이라고도 한다. 조금 겁나게 말한다면 안 좋은 일을 당해 피흘리고 죽는다고 표현한 사례도 있고 예로 말하면 대낮에 길가다 호랑이에게 물려죽는다고 하는 것이니 요즘은 교통사고나 폭행 등의 사례로 대체될 수 있겠다. 우리나라 선학 중 한 분의 예전 사주풀이 사례를 보면 사주에 백호살이 있어 총에 맞아 죽거나 개에 물려죽었다고 표현한 설명도 있다.

    백호살이 있는 사주는 보통 의외의 사고나 예측 불허한 흉사가 발생할 수 있다고 하는데 작용력은 하나일 때보다 두 개 이상이면 더욱 크다. 특히 백호살과 형충이 되는 시기를 유의해야 할 것이다.

    그러나 살의 영향에 대한 길흉의 단식적 판단은 경계해야 한다. 살의 이론을 배제하는 학자들도 있는데 해당 이론을 부각시켜 사주를 해석하기에는 불합리한 점과 모순이 있고 무엇보다도 사주의 길흉 분석은 음양오행의 생극제화에 따른 영향력을 예측하는 것이 우선되어야 하기 때문이다. 그러므로 사주에 살이 있다고 너무 걱정할 필요는 없다. 좋지 않은 기운이 겹칠 경우에 특히 주의하면 되고 주변과 쓸데없는 마찰을 피하면서 생활하면 좋을 것이다.

　백호살은 명리학에서 주로 다루어진 이론이 아니라 기문둔갑의 구궁도에 근거한 신살인데 감궁에서 갑자로 시작하면서 중궁에 드는 간지가 해당된다. 모두 일곱 개이며 중궁에 빠져 헤어나오지 못하는 이치로 설명된다.

　백호살을 가진 사주의 장점으로는 자신감도 있고 추진력도 높은데, 사주의 에너지가 강하게 구성되는 이유일 수도 있겠다. 과감하고 저돌적일 수 있는데 그 움직임으로 인해 리더로서 성공하는 사람들의 사례도 많다. 주식거래나 경제상황에서 볼 수 있는 하이리스크 하이리턴과 비슷하다고 볼 수 있다. 하지만 사주에 위험요소를 내포하고 있는 만큼 감정 조절이나 인성의 수양에 힘쓰는 것이 단점 보완에 도움되고 개성을 잘 살린다면 남보다 성공적인 인생을 열어갈 수 있을 것이다.

난초의 끝이 타면, 물이 부족한 것이다

● ● ◑ ◐ ◐ ○

소중한 사람에게 꽃을 선물 받거나 영전 축하 기념으로 화초를 받게 되는 경우가 있다. 그중 가장 좋은 꽃이나 난을 골라 집안에서 애지중 지 돌보며 망중한을 즐기는 것도 삶의 아름다운 모습 중의 하나이다. 그런데 그런 난초의 끝이 타고 있다면?

난을 기르는 사람은 그 뿌리를 직접 들여다보지 않아도 뿌리와 잎의 연관관계를 알아내고 부족한 것을 채워줄 줄 안다. 인체도 마찬가지다. 장부에 병이 깊으면 얼굴에 나타나듯이 각 장부별로 얼굴이나 신체 표 면에 나타나는 특징이 있고 몸에 반응하는 상태가 있다.

동양학은 관찰과 경험을 통해 발전된 사상적 학문이다. '이표지리(以 表知裏)'라는 말이 있듯이 겉과 속이 다르지 않고 표리가 하나여서 겉 을 자세히 보면 속을 알 수 있는 것이다. 한의학에서 환자의 안색만 보 아도 병증을 대강 알아낼 수 있고 맥박의 강약과 속도 등을 통해 장부 의 건강상태를 파악하는 것과 같은 이치이다.

그래서 자식을 보면 그 부모를 알 수 있다고 하지 않는가. 부모는 뿌 리요 자식은 잎이기 때문이다. 뿌리가 건전하지 않은데 잎이 건전할 수

그 뿌리를 직접 들여다보지 않아도
뿌리와 잎의 연관관계를 알아내고
부족한 것을 채워줄 줄 알아야 한다.
난초의 잎이 타들어가고 있는데
외기의 온도를 높이고 습도를 낮추면
난초는 말라죽고 만다.

있겠는가. 실로 실감나는 말이 아닐 수 없다.

어떤 일이 발생하려면 낌새, 전조현상, 즉 징조라는 것이 있다. 동양학은 그 낌새를 알아차리고 미리 대처할 수 있는 지혜를 알려주는 학문이다. 건강에 대한 징조라든지 모든 일이 잘 되어나가는 징조 등이 있다. 인간사도 마찬가지다. 하는 일마다 잘 풀리지 않는다면 어떠한 징조가 보이는 것으로 생각할 수 있다.

그렇다면 그 행위를 잠시 멈추고 때를 기다려 보거나 다른 것을 찾는 것도 하나의 방법일 수 있다. 모든 것이 억지로 이루어지지는 않는다. 천지신명이 돕고 자신의 노력이 함께해야 한다.

자신의 상태는 고려하지 않고 욕심이 지나쳐 일을 그르치는 경우가 있다. 일이 발생하기 전에는 분명 사전 징조가 있다. 이를 제대로 파악할 수 있다면 난초에 물을 보충하듯이 문제점을 찾아 해결할 수 있으며 불균형의 암시에서 벗어나 평온한 상태로 되돌릴 수 있다.

그러나 징조를 잘못 예측하거나 과욕으로 반대로 행하여 일을 망가뜨리는 경우가 많다. 난초의 잎이 타들어가고 있는데 외기의 온도를 높이고 습도를 낮춘다면 난초는 말라죽고 말 것이다.

사람과의 관계를 예로 들어도 인덕이 부족하든지 믿었던 사람에게 배신을 잘 당한다든지 유난히 이성과의 관계가 잘 풀리지 않는 경우가 있다. 명리학에서는 각 개인이 태어나면서 부여받은 오행의 상호간 생극제화의 상태를 통해 천변만화하는 인생의 전조현상을 파악할 수 있다. 그 사람이 가진 오행의 인자와 분포된 특성 및 외형에 나타나는 징조로 그 사람의 성향을 파악하고 다가오는 운과의 관계를 예측하여 성패의 시기나 길흉화복의 정도를 알 수 있는 것이다.

제 자식운이 어떨까요?

● ● ◑ ◔ ○

    예로부터 부모의 최대 관심사는 자식문제였다. 자식에 대한 근심 걱정, 자식 잘 되기를 바라는 마음이야 어느 부모나 다르지 않을 것이며 가부장적 시대에는 자식이 아버지의 많은 영향 속에서 성장했지만 생육의 정을 고려하면 어머니의 영향도 결코 적지 않다.

    교육 및 생활환경이 예전과 많이 달라졌고, 자녀수도 적어짐에 따라 자녀가 험난한 경쟁사회 속에서 뒤처질까 노심초사하면서 키우는 부모가 대부분이다. 지식과 재산이 대물림되고 부모능력이 자식의 운명에 크게 영향을 주는 시대가 되었다. 수명연장으로 인해 예전보다 자식과의 인연이 길어져 자식의 효도를 받든 못 받든간에 자식의 성패를 지켜봐야만 하는 시대가 되기도 했다. 그러니 나의 자식운은 어떨까 관심이 커질 수밖에 없다.

    예전의 어머니 상을 임태주 시인의 시로 잠깐 빌려보았다.

    아들아, 보아라!
    나는 원체 배우지 못했다

호미 잡는 것 보다 글쓰는 것이 천만배 고되다
그리 알고, 서툴게 썼더라도 너는 새겨서 읽으면 된다
내 유품을 뒤적여 네가 이 편지를 수습할 때면
나는 이미 다른 세상에 가 있을 것이다 (중략)

(서러워 할 일도 가슴칠 일도 아니다
가을이 지나고 겨울이 왔을 뿐이다
살아도 산 것이 아니고
죽어도 죽은 것이 아닌 것이 있다
살려서 간직하는 건 산 사람의 몫이다
그러니 무엇을 슬퍼한단 말이냐)

나는 옛날 사람이라서 주어진 대로 살았다
마음대로 라는 게 애당초 없는줄 알고 살았다
너희를 낳을 때는 힘들었지만
낳고 보니 정답고 의지가 돼서 좋았고
들에 나가 돌밭을 고를 때는 고단했지만
밭이랑에서 당근이며 무며 감자알이 통통하게 몰려나올 때
내가 조물주인 것처럼 좋았다 (중략)

(부박하기 그지없다!)

네가 어미 사는 것을 보았듯이

산다는 것은 종잡을 수가 없다

요망하기가 한여름 날씨같아서

비 내리겠다 싶은 날은 해가 나고

맑구나 싶은 날은 느닷없이 소낙비가 들이닥친다

나는 새벽마다 물 한 그릇 올리고

촛불 한 자루 밝혀서

천지신명께 기댔다… (중략)

살아서 한번도 해본 적이 없는 말을 여기에 남긴다

나는 너를 사랑으로 낳아서 사랑으로 키웠다

내 자식으로 와 주어서 고맙고 염치 없었다

너는 정성껏 살아라. (끝)

어머니의 마음이다.

본인의 삶이 힘에 너무도 부치지만 천지신명께 자식만은 잘 되기를 빌고 비는 무한한 어머니의 정이 가슴깊이 와 닿는 시이다. 사랑하는 자식이 험한 세상 너무 힘들게 살지 말았으면 하고 간절히 기원하는 어머니 상이다. 예전에는 아들을 못 낳거나 임신이 안 되는 책임을 여자에게 물어 칠거지악이라 하고 씨받이라는 문화도 있었으니 의학이 발달되고 교육 환경이 달라진 요즘은 상상도 못할 일이다.

명리학적인 자식운에 대하여는 부모와의 인연법을 주로 보며, 자식을 잘 낳을 수 있는지 자식이 제 역할을 하면서 잘 자랄 수 있는지를 위주로 보는데 자식궁이나 자식성을 보고 판단하며 오행의 생극제화 하는 기운을 보고 자식운이 있는지를 본다. 자식에 해당하는 오행이 뚜렷하게 잘 나타나 있는지, 그 기운은 충만한지, 자식을 나타내는 오행을 극하거나 설하는 오행이 태과하거나 부족하지는 않은지를 보는 것이다. 기운이 좋지 않다면 자식운이 좋을 리 없으며 부부 사이의 사주 오행의 조화가 잘 이루어지지 않아도 마찬가지다.

특히 자식을 나타내는 오행을 극제하는 오행이 많은데 제화시켜 주지 못하거나 자식성도 보이지 않는데 공망을 맞는 등 상황이 복합적이면 자식과 인연이 없을 확률이 매우 높다고 보면 된다. 반대로 오행의 생극제화가 조화롭지 못하여 자식성을 너무 지나치게 생하여 주는 경우도 있는데 이 역시 자식운이 좋지 않을 수 있다. 예를 들어 자식이 나무라면 생하기 위해 물이 필요한데 너무 많은 물을 주게 되면 나무뿌리가 썩어버리는 것과 마찬가지다.

남녀 마찬가지지만 특히 여자의 경우 자식 생산에 직접 관여하므로 오행의 조화가 잘 이루어져야 한다. 그렇지 못하고 오행이 편중되거나 태과한 경우 그 기운이 제화되지 않으면 소통이 원활하지 못해 자식운이 나쁘다. 또한 자식의 길흉과 득자 시기에 대하여는 자식에 해당하는 오행의 역할과 다가오는 운을 보고 그 시기를 판단하므로 자식이 늦어지더라도 팔자에 자식이 없는 경우가 아니라면 초조해 하지 말고 의학적 진단을 받으면서 운을 기다려보는 것도 좋겠다. 예전에는 사주팔자를 보고 숨겨둔 자식 등이 있는지 판단하기도 했으나 요즘 시대에는 잘 적용되지 않는 논리다.

남편도 잘되고 자식도 잘되는 사주가 있나요?

● ● ◑ ◐ ○

　이런 사주팔자를 가진 여성이라면 천복을 받고 태어난 사람이 아닐까 싶다. 그만큼 어려운 사례가 아닐까? 남편복도 많은데 자식복까지 있다면? 부러울 따름이다. (신사임당도 갖지 못한 복이다)

　이러한 사주구조를 가진 여성을 사주용어로 '부명자수(夫明子秀)'라고 하는데 남편을 나타내는 관성이 재성의 생을 받아 크게 작록을 얻고 자식성까지 뿌리가 튼튼히 잘 나타나 있어 부자가 모두 대귀하게 되는 사주를 말한다.

　관직의 상태가 좋으려면 관성이 재성의 생조를 잘 받고 있어야 되는데 청백리가 아름다운 세상이지라만 그래도 훌륭한 관료가 되는 데에 어느 정도의 재산이 뒷받침되어야 하는가 보다. 즉, 관이 아무리 뚜렷이 나타나 있어도 재의 생을 받지 못하면 그 관은 힘을 발휘하는 것에 한계가 있을 것이며 관성이 뚜렷하고 좋은 사주란 재성이 관성을 생조하여 빛나게 해주는 것을 말하는데 여성의 사주로 본다면 남편을 나타내는 관성이 뚜렷이 나타나 그 역할을 충실히 하는 사주이니 남편의 성패가 자신의 운명을 좌우했던 옛날에는 여성의 사주로는 최고의 사주라 생각된다.

게다가 그 아버지에 그 아들이라고 자식까지 흠잡을 데 없이 귀하게 성장하여 대대로 높은 관직과 벼슬, 명예와 존경을 받는다면 그런 여인의 사주는 남부러운 사주임에 틀림없을 것이다.

요즘은 선거에서 부인의 역할도 중요해졌다. 관직에서 성공하려는 사람은 이런 사주구조의 여자를 만난다면 천생연분의 배필이 되지 않을까 생각한다. 그리고 보면 재는 관의 근원이니 돈을 벌어 부를 축적하게 되면 관을 찾게 되는 거라는 생각이 든다. 요즘은 지역구 의원이 되려고 해도 선거비용이 어마어마하게 드니 돈 없는 사람들이 관을 탐하기는 어림없는 세상이 되었다.

이와 관련해서 '명관과마(明官跨馬)' 라는 말이 있는데 '하늘의 관이 땅의 말 위에 올라 앉아 있다'는 뜻으로, 관의 상태가 재성의 생조를 받아 뿌리가 튼튼하여 밝고 뚜렷하게 나타날 수 있다는 말이다. 오행의 생극제화 구조상 재성은 관성을 생조하는 형태로 되어 있는데 고전에서 표현하는 과마의 말은 실제의 말이 아니고 재(財)를 의미한다.

남편의 무덤을 갖고 태어난 사주가 있다는데요?

● ● ◑ ◔ ○

　뭔가 기분 나쁘고 듣기만 해도 무시무시하다. 마치 남존여비 시대에나 가능했던, 세상사 잘못된 모든 책임을 여성에게 돌리던 시절의 문구를 대하는 듯한 느낌이다.

　그러면, 실제로 이런 사주가 있는가?

　사주구성상 여자에게 있어 관성은 남편을 지칭하는데 여자 사주에 있어 관성이 묘궁에 들어있을 때를 '부성입묘'라 한다. 이 사주구조의 상태를 다른 말로 표현하면 '남편의 무덤을 갖고 나왔다'고 한다. 육십갑자에서 사주팔자에 갑을일 생은 신축, 병정일 생은 임진, 무기일 생은 을미, 경신일 생은 병술, 임계일 생은 무술이 사주팔자 한 기둥에 동주하고 있으면(육십갑자가 같이 있으면) 부성입묘했다고 한다. 그러나 반드시 동주하지 않더라도 다른 기둥에 있어도 그 영향이 있다고 본다. 그렇다면 이와 같은 사주에는 반드시 그런 현상이 발생하는 것일까?

　사주 분석을 제대로 하려면 일차적으로는 남편운에 대하여 현대적 관점으로도 보아 다른 연관성을 함께 검토하여야 할 것이다. 사주가 이렇게 구성되어 있다면 세운에서 오는 영향에 따라 발생 가능성이 커지거나 작아지는 변동성을 예측할 수 있다. 특히 세운에서 관성이 절지에 임하게 되거나 이미 묘지에 관성이 있는 사주인데 입묘가 거듭되는 운을 만난다면 그 기운이 증가될 수 있으므로 사전에 주의하는 게 좋다.

고전에는 이런 격을 가진 사주는 해로하기 어렵거나 여유로운 가정 생활이 힘들고 부군이 출세하기 어렵다 했는데 현대적으로 실제 임상에서는 사주팔자 구조 모두와 운세 전반적으로 보아 판단하여야 정확히 분별이 가능할 것이다.

실제로 사주 감명시 이런 사주구조를 갖고 있어도 남편과 유정하게 지내는 경우도 많고 오히려 발복하는 경우도 있으니 한 가지로 단정지어 말하기는 어렵다. 이런 사주는 비록 남자의 명이라 할지라도 관은 자식에 해당하므로 자식과의 관계가 좋지 않아 자식이 나를 떠난다고 했으니 결코 좋은 사주는 아니라고 보았던 것 같다.

시어머니 잡아먹을 년 팔자가 있는 건가요?

● ● ◑ ◔ ○

명리학에서는 시어머니와 며느리는 절대 공존하기 힘든 정적의 대상으로 보며, 시어머니는 며느리를 이길 수 없다. 자식이 데리고 오는 며느리는 자신을 극하는 구조를 갖고 있기 때문에 시어머니는 본능적으로 며느리를 못살게 군다. 시어머니가 좋다는 며느리의 말, 빨리 죽어야 한다는 노인의 말은 천하에 거짓말이라고 하지 않던가.

자, 그러면 이 구조를 명리학적으로 풀어보자.

아들의 입장에서 처는 재물(내가 극하는 것)이요, 어머니는 인성(나를 돕는 것)이다.

재물은 돈이요, 인성은 학문, 종교, 교육이다. 당신이라면 무엇을 택하겠는가. 당연히 돈이다. 자식이 며느리를 좋아하게 되면 자신은 피해를 본다는 것을 본능적으로 아는데 어느 어머니가 며느리를 이뻐하겠는가. 이것을 명리학 용어로 '탐재괴인(貪財壞印)'이라고 한다. 재물을 탐하면 인성이 파괴된다는 것이다. 얼마나 대단한 통찰력인가. 그렇다고 해서 아들이 어머니를 택한다면 처와의 사이가 벌어지리라는 점은 각오해야 할 것이다.

세상의 모든 시어머니가 며느리를 싫어해야만 되는가. 명리학은 그렇게 고지식하지 않다. 명리용어에 '재인불애(財印不礙)'라는 예외사항도 있다. 재성(며느리)과 인성(시어머니)은 상극관계임에도 불구하고 서로 장애가 되지 않는다는 뜻이다. 며느리가 시집와서 시원찮은 아들을 지극정성으로 보살펴 사람 만들어주는 경우이다. 어느 시어머니가 이런 며느리를 미워할 수 있겠는가?

이처럼 상황에 따라 예외적으로 적용되는 사례도 있음을 선인들은 재치있게 파악했다.

그러면, 시아버지 잡아먹을 년 팔자는 없는 것인가.

시아버지와 며느리는 동격이다. 아들 입장에서 보면 둘 다 재물이다. 서로 잡아먹을 이유도 없고 잡아먹을 수도 없고 누가 잡아먹히지도 않는 구조이다. 며느리 사랑은 시아버지라 하지 않는가. 똑같은 성향이 하나 늘었는데 미워할 이유가 없다.

시어머니 입장에서는 남편도 나를 극하는 구조이니 쌍쌍이 미울 것이다. 하지만 시어머니는 며느리를 잡아먹을 수 없다. 며느리로부터 극을 당하는 구조이기 때문이다. 그게 다 우리네 사는 모습이었다.

결론은 시어머니 잡아먹을 년 팔자는 따로 없다. 원래 그런 거다.

매매나 문서운은 어떻게 보나요?

● ◕ ◑ ◐ ◯

　보통 '매매' 하면 부동산 매매를 말하는데 규모에 따른 차이는 있지만 재산의 상당 부분을 차지하는 경우가 대부분이므로 여간 신경 쓰이는 일이 아닐 수 없다.

　운의 좋고 나쁨은 일반적으로 볼 때 부동산 경기와 관련하여 가격이 오르면 좋은 것이고 내리면 나쁜 것이지만 시기적으로 경제상황을 판단하는 게 사주팔자보다 우선되어야 함은 말할 필요가 없을 것이다.

　하지만 운으로 판단하다 보면 거래의 성사와 관련하여 일간을 생조하는 인수년에 문서계약이 이루어지는 경우가 많은데 사주팔자에 따라 길흉의 내용은 다를 수 있다. 즉, 인수년에는 매매거래의 작용력이 강하지만, 매매나 문서의 거래 작용력에서 더욱 중요하게 보아야 하는 것은 인수운보다 개인의 용신운이다. 왜냐하면 모든 문서의 매매는 개인 사주의 용신을 운에서 생조해줄 때 길하게 작용하기 때문이다. (용신운에 대해서는 2장에서 자세히 설명하기로 한다)

　인수년이라도 개인에 따라서는 흉으로 작용하는 경우 이익이 따르기 어려우며 계약 후에 후회하는 일이 발생하기도 한다. 특히 인수년이 흉운으로 작용하면 보증을 선다거나 서류분실, 도난 등의 사고도 발생할 수 있다. 따라서 운에서 판단하는 매매나 문서의 길흉은 개인마다 다르게 작용하며 관성이 용신이 사람은 관성운에 매매 계약이나 진급 등의 경사를 맛보게 된다.

사주팔자로 직업적성을 알 수 있나요?

● ● ◑ ◔ ○

사주팔자 이론이 처음 생겨났을 때와는 비교할 수 없을 정도로 직업의 종류가 많아진 시대에 살고 있다. 분석 이론도 매우 다양하고 체계적이어서 단순히 명리적 해석만으로는 이제 직업적성을 논하기 어려워졌다. 무엇보다 개개인이 만족할 만한 직업을 갖기가 매우 어려워졌다. 적성보다 경제논리가 우선인 세상이 되어 급여수준이 어느 정도 만족되면 적성에 안 맞는 부분은 감내해야 할 상황에까지 이르렀다.

그런데도 이 첨단시대에 왜 철학원에 가서 직업적성을 묻는 것일까?

아무래도 타고난 기본적 기질이 있을 거라는 생각과 그렇다면 그게 어떤 것일지에 대한 궁금증 때문일 것이다. 현재 괜찮은 직업이어도 평생 보장할 수 없고, 또 많은 경우 중도에 그만두거나 변경되기도 한다. 운이라는 것도 무시할 수 없다. 운과 관련해 자신의 직업적성을 알고 적성에 맞는 직업을 찾아야 만족도가 높아지고 스트레스를 덜 받는 생활을 할 수 있다.

사주를 분석하는 이론이 다양하지만 거의 모든 이론의 공통점은 사주 분석을 통하여 사주구조가 추구하고자 하는 특성을 알아내는 것이다. 즉, 적성을 파악하고 그 적성이 방해받지 않고 지속가능한지 운을 함께 보는 것이다.

사주구조를 보면 격국, 용신, 음양오행의 조화를 파악할 수 있는데 이로써 그 사람이 이론형인지 사회형인지 아니면 경제형인지 직업적성이나 성격 등을 파악할 수 있고, 대운을 분석하여 라이프 사이클까지 읽어낼 수 있으므로 명리학의 지혜를 잘 활용한다면 직업선택의 판단 기준으로 손색이 없을 것이다.

다른 분석과 더불어 명리적 해석의 직업적성을 파악해보는 것은 좀 더 정확한 직업선택의 지혜가 된다. 음양오행으로 구성된 사주구조는 사람의 성격과 심리에 대한 정보를 제공해준다. 사주 분석에는 누구에게나 다가오는 공통의 운 이외에 개개인에게 달리 적용되는 대운이 존재한다. 대운의 변화는 기존 사주구조에 큰 변수가 된다.

직업적성을 도출하는 많은 자료들이 있다. 명리학에 주변 학문의 정보를 공유하면 훨씬 과학적으로 직업을 분석할 수 있다. 직업선택의 문제는 한 개인의 삶의 질과 관계되므로 다각적으로 검토할 필요가 있다.

다변화시대에 사주로 용신을 찾아본다는 것은 다른 방법도 참고하되 사주로도 보라는 의미다. 여기서는 간단한 흐름만 살펴보고 자세한 내용은 2장에서 설명하기로 한다.

1. 사주의 격으로 보는 직업

중국 명리 고수 중 한 분인 심효첨의 《자평진전》이라는 책을 보면 사주팔자의 특성을 격으로 구분해 놓았는데, 다른 여타의 사주 격 분류법에 비해 탁월하다. 격국을 알면 해당 사주가 지향하는 목적이나 방향을 알 수 있게 되므로 격국에 부합한 인생을 사는 것은 운명학상 가장 거부감 없는 삶이 될 수 있고 사주의 기질을 발전시킬 수 있다고 본다. 현존하는 명리 이론 중 진학 결정 판단에 적합하며 격국에 일치하는 직업을 가졌을 때 직업 만족도가 높다는 논문자료도 있다.

격국 이론은 기세론에서 말하는 신강신약 위주가 아니고 사주가 지향하는 특성을 위주로 분석하기 때문에 사주 주인공의 적성과 자질 등을 파악하기 용이하다.

2. 사주의 용신으로 보는 직업

용신이 시사하는 의미는 전반적인 사주의 기능을 주관하면서 사주 내에서 가장 중요한 역할을 해내는 오행이다. 좋은 사주라 함은 용신이 역할을 충분히 수행하여 사주를 좋은 방향으로 이끌고 갈 힘이 있는 것이다. 한 집안의 훌륭한 가장 역할을 한다고 보면 된다. 그러므로 개인의 적성과 능력을 발휘해야 하는 직업이나 학과 선택에 있어서도 사주 팔자의 용신법은 선학의 지혜로 연구된 학문으로, 현대에 맞게 조금만 보완된다면 잘 연구된 인간의 성향 분류 방법으로 충분히 활용 가치가 있을 것이다.

3. 음양오행과 육신으로 보는 직업

사주명리학에서의 학과별 구분은 오행과 육신을 살펴 구분하며 사주팔자로 학과를 100% 구분한다는 것은 쉽게 받아들이기 어려울 수도 있겠지만 참고자료로 삼기에는 충분한 가치가 있다고 판단한다. 예를 들어 사주팔자 내에 오행의 특성이 뚜렷하여 목표하는 바가 잘 나타나 있으면서 충극이나 합으로 인한 다른 오행의 방해를 받지 않는다면 비교적 적성이 쉽게 나타난다.

여학생의 경우에도 남녀공학이 좋은지 여학교가 좋은지 등을 사주의 구성 상황을 보고 판단하며, 끼를 살리는 예능이나 창작이 좋은지 아니면 직장생활이 적합한지 등을 판단하고 학과를 선택하는 것도 좋은 방법이다. 사주의 힘이 강하고 다른 오행들이 조화롭게 되어 방해를 받지 않으면 원하는 목표를 성취하기 쉬우나 사주가 복잡하게 얽혀 기운이 제대로 유통되지 못하면 학업 성취도나 취업을 준비하는데 있어 영향을 받게 된다.

사주에서 귀인이 있고 사주에 좋은 역할을 한다면 수시 입학으로 합격할 확률이 높다. 사주에 경쟁자에 해당하는 비견, 겁재가 많고 해당 연운도 사주에 좋은 역할을 하지 못하면 정시 지원을 하는 것이 좋다.

오행별 분류로는 사주의 구성이 목화 성분이 주류로 이루어지면 인문계 관련 학과가 적합하다고 보며, 금수가 주류로 이루어지면 자연계가 적합한 것으로 분류된다.

〈오행별 분류〉
- 목 : 생명관련, 조경, 섬유, 토목, 재활, 낙농, 출판·인쇄, 교육
- 화 : 사회복지, 광고, 한의학, 화공, 전기, 전자, 광학, 반도체, 스포츠, 항공, 우주, 어문, 레크리에이션

- 토 : 지리 · 지질, 환경, 부동산, 가정학과, 사학, 고고학, 도예
- 금 : 금속, 기계, 전산, 통계, 자동차공학, 교통, 정치, 경제학
- 수 : 해양, 조선, 천문, 법학, 외교, 무역 등이 있다.

어문계

- 목 : 국문, 동남아어, 일어
- 화 : 스페인어, 아랍어
- 토 : 중국어, 인도어, 태국어
- 금 : 영어, 불어, 독어
- 수 : 러시아어, 동구권 언어

육신별 분류는 다음 분야가 적합하므로 참고하면 좋다.

〈육신별 분류〉
- 식신 : 창의성, 교육, 예체능, 경영, 경제, 방송, 연극, 예능, 보육, 의예, 약학, 재활, 환경
- 상관 : 벤처 특수기술, 예체능, 언론광고, 경찰, 세무, 동시통역
- 편재 : 외교, 관광, 무역, 금융, 정보
- 정재 : 세무 · 회계, 사범계
- 편관 : 법학, 경찰, 의예, 약학, 경호
- 정관 : 행정, 법학, 정치외교, 경제
- 정인 : 교육, 사범, 종교, 행정
- 편인 : 전문직, 종교, 심리, 스포츠
- 비겁 : 부동산, 특수학

뭘 해도 깨지는 날,
재물운이 안 좋은 날이 따로 있나요?

사주명리학을 별도로 공부하지 않은 사람이라도 좋지 않은 일이 발생하면 '일진이 나쁘다'는 이야기를 하곤 한다. 실제로 일운이란 그날 하루의 천지 기운이며 각 개인에 따라 좋게 작용할 수도 있고 나쁘게 작용할 수도 있다. 원칙적으로 일진의 좋고 나쁨을 알아내기 위해서는 단지 그날 하루의 천간 지지만 놓고 판단할 수는 없으며 대운부터 세운, 월운까지 모두 파악하고 복잡한 산식을 계산하여 분석해야 한다. 따라서 그날 하루의 천지 기운만 보고 일진을 판단하지는 않는다.

우리는 운의 영향력 속에서 살아가고 있다. 운에는 10년 주기로 장기간 영향을 주는 대운과 1년씩 오는 세운이 있는데 그 속에 월운 일운 시운 등이 존재한다.

그렇다면, 일운이 사주에 미치는 영향력은 얼마나 될까?

일진이라 불리는 일운의 영향력은 세운의 일부가 되는 것이므로 일운 자체의 힘은 그다지 크지 않다. 해당일 하루의 천간 지지 기운만으로 일운을 판단하는 게 아니라 대운과 세운, 월운의 복합적 관계 속에서 일운의 영향력을 파악해야 하는 것이므로, 즉 생각지 못한 좋은 일이거나 어떤 좋지 않은 일이 발생했다면 그것은 대운을 비롯한 모든 기운의 조화에서 비롯된 종합적인 상황으로 나타난 것이며 일운도 그 기운의 일부로서 존재하는 것이다. 다시 말하면 당일의 천지 기운 한 가지만으로 운을 망치거나 좋게 할 수는 없다는 말이다.

택일을 할 때에도 마찬가지다. 단지 하루의 기운만을 보고 정해서는 안 된다. 그러나 실제 일진 감명에 자주 쓰이는 단식 판단 방법 중 하나로, 해당일이 '공망'에 해당하는가를 보는 방법이 있다.

공망(空亡)은 '공치고 망한다'는 공허와 헛됨을 의미하는 사주명리학 용어이다. 의미하는 바와 같이 소송, 시험, 승진, 투자 등의 일이 해당일에는 제대로 이루어지지 않는다고 본다.

이 세상 모든 사람은 사주팔자를 갖고 태어나는데 생일에 해당하는 날짜를 기준으로 판단하면 언제가 공망일인지를 알 수 있다.

육십갑자는 천간 10자와 지지 12자로 구성되어 천간과 지지가 짝을 이루는데, 이때 천간 10개와 지지 10개가 짝을 이루고 남은 2개는 짝이 없다. 이 짝이 없는 두 자가 공망에 해당한다. (2장 198쪽 참고)

투자의 경우에는 재물과 관련되므로 재가 공망이 되는 날에는 투자 해봤자 별 재미를 볼 수 없겠다. 해당일의 기운이 자신의 기운과 잘 부합하는지 공망일을 점검하고 따져본다면 투자를 하는 데 있어 좋은 방편이 될 것이다.

실제로도 역술을 업으로 하시는 분들께서는 공망의 작용력에 대해 실관시에 많은 체감을 한다고 하니 단순히 미신으로 치부할 사항만은 아니라고 본다.

재가 공망되는 일주와 해당일

일 주	재 공 망 일
갑자 , 을축	술
무진 , 기사	해
병자 , 정축	신, 유
갑신 , 을유	미
임진, 계사	오
갑오, 을미	진
경술, 신해	인, 묘
갑인 , 을묘	축
무오, 기미	자

재가 공망이 아닌 사람은 해당없음 (일주 기준)

아무리 좋은 무쇠강철로 태어났어도
운을 만나지 못해 쓰지 못하는 사주

● ● ◗ ◗ ○

    쇳덩어리는 불에 달구고 제련한 후 물에 씻어야 비로소 그 빛을 발하게 된다. 쇳덩어리로 구성된 사주는 불을 만나서 잘 다듬어져야 좋은 그릇이 된다. 또한 숫돌에 갈리고 맑은 물에 담기면 명검이 되어 보검의 광채를 내고 크게 빛을 본다.

    따라서 사주에 금(金)이 왕할 경우에는 화(火)운을 만나 제련되거나 수(水) 운을 만나 숫돌에 갈리고 세정되면 성기명검(成器名劍)으로 명성을 나타내게 된다. 그러나 화운이나 수운을 만나지 못하면 아무리 좋은 쇳덩어리도 쓸모가 없어 무명인사가 된다. 즉 쇳덩어리로만 꽉 차있으면 아무리 두들겨도 소리가 나지 않으니 종이나 방울, 악기처럼 사용하지 못하여 쓸모가 없게 되는 이치다.

    그러므로 이러한 형태의 사주를 가진 사람은 어떤 운이 도래하는지 보아 언제 쓰임새를 찾게 될지를 보면 발복의 시기를 알 수 있을 것이다. 사람의 사주풀이도 사물의 쓸모와 같은 이치이니 자연현상과 인간 세상이 너무도 닮은 점에 놀라지 않을 수 없다.

사주에 금(金)이 왕하면 화운을 만나 제련되거나
수운을 만나 숫돌에 갈리고 세정되어야 좋은 그릇이 되는데
이런 운을 못 만나면 단순한 쇳덩어리일 뿐이다.

사주팔자에 충이 많아서 안 좋다고 하는데 합이 많으면 좋은 것인지요?

●　●　◐　◓　○

　사주팔자 분석에 있어 합과 충은 그 변화를 읽어내기 어려우며 분석 이론도 매우 복잡하고 다양하다. 단순히 사주에 합이 있어 좋고 충이 있어 나쁘다는 판단은 바람직하지 않다.

　사주팔자의 길흉을 판단할 때 중요한 것은 합이나 충이 되어 일어나는 변화가 운과 합쳐져 사주에 어떤 영향을 주는가를 파악하는 일이다.

　일반적으로 사주팔자에 충이 많으면 대부분 조용히 지나가는 일보다 분주하고 바쁜 경우가 많은 것이 사실이다. 충은 기운의 충돌인데, 기운이 서로 부딪치면서 사주상에서 발생하는 상황이 다양해진다. 부딪치는 상황이 많다고 반드시 나쁜 것만은 아니고 활동이 많다는 의미이므로 좋은 점도 있을 수 있다. 거기서 얻는 득실은 경우에 따라 다를 수 있겠다.

　크게 성공하는 사람들은 충이 좋은 역할을 하는 경우가 많다. 많은 활동을 통해 얻어지는 좋은 성과물일 것이다. 그렇다면, 충 대신 합이 많은 것은 어떨까?

　합은 유정(有情)한 것이므로 충보다 어쩐지 의미가 좋아 보인다. 일상에서 정이 지나치면 매사에 끊고맺지를 못해 발전에 지장이 있는 것과 마찬가지로 사주에서도 합이 많은 것을 좋아하지 않는 경향이 있다.

사주팔자는 각각 여덟 자로 구성되어 있는데 합이 되면 그 역할이 합하여 다른 오행으로 변화되기도 하고 속성이 상실되거나 묶이기도 한다. 사주의 여덟 글자는 각각의 역할을 담당하면서 사주의 길흉을 관장하고 본신인 나, 즉 일간을 보호하는 역할도 하며 나의 기운을 조절해주는데, 합으로 연정에 묶여 제 역할을 못한다면 합이 있다고 해서 그 사주가 충이 있는 사주보다 반드시 좋은 사주라 할 수는 없다.

명리의 삼대보서라 불리는《자평진전》에서 지지합 작용에 관한 이론상의 이견을 보이는 점을 고려하더라도 단순히 합이나 충의 개수의 다과(多寡)로 사주의 길흉을 논하는 것은 바람직하지 못하다. 합과 충의 작용으로 발생하는 변화가 어떠한지를 보아야 하는데 사주의 구조에 따라 합화된 오행의 작용이 다르게 나타날 수 있으므로 사주의 전반적인 상황을 잘 살펴보고 판단하는 자세가 필요하다.

제 사주에 귀인이 있다는데요?

● ● ◗ ◖ ○

예전에 어릴 때 지나가는 우스개소리로 동방에 가면 귀인을 만날 것이요, 하는 말들을 듣곤 했는데 그땐 귀인이 뭔지 그 의미를 잘 몰랐었다. 귀인의 종류에는 여러 가지가 있다. 모든 길성 중에서 '천을귀인'을 최고로 치며 보통 귀인이라 하면 천을귀인을 말한다. 천을귀인을 보면 모든 악살이 도망간다고 하며 천을귀인이 사주에 있으면 모든 재앙이 소멸되고 길력이 배가된다고 한다.

귀인이 사주에 있으면 인격이 좋고 지혜롭고 인덕이 있다고 한다. 운에서도 귀인이 들어오면 좋은 일이 생긴다고 하니 참으로 기분 좋은 일이다. 그러나 귀인이 사주에 여러 개 있으면 오히려 나쁘다고 하며 귀인이 공망이 되는 것도 좋지 않다. 단, 사주의 지지 4군데 모두 천간에 해당하는 천을귀인이 있으면 사주의 구성과 관계없이 평생 복록이 끊임없다 했으니 잘 살펴보기 바란다.

• 귀인은 합을 좋아하나 충이나 형이 되면 귀인이 있어도 잘 안 풀린다고 한다.

- 재성이 귀인이면 처가 현명하고 내조가 좋다고 한다.
- 관성이 귀인이면 관운이 좋다고 한다. 또한 의식주가 풍부하고 형제, 동료의 덕이 있거나 학문에 좋은 귀인들도 있다.

천을귀인은 일간을 중심으로 본다.

갑무경	을기	병정	신	임계
축, 미	자, 신	해, 유	오, 인	사, 묘

- 갑무경일 생은 축, 미
- 을기일 생은 자, 신
- 병정일 생은 해, 유
- 신일 생은 오, 인
- 임계일 생은 사, 묘

고집불통의 사주가 따로 있는지요?

● ◐ ◑ ◑ ○

고전에 공통적으로 나오는 이론에 따르면, 좋은 사주가 되려면 '중화'가 되어야 한다. 중화된 사주라 함은 사주 여덟 글자의 조화가 서로 적절히 상생상극 하면서 기세가 한쪽으로 치우치지 않는 것이다. 어떤 사주는 중화되지 못하고 본래의 사주의 기운이 강한 데다가 생하여 주는 기운이 더해지는 경우가 있다. 이때는 왕한 기운을 빼내 주어야만 사주가 중화되는데 도와주는 기운이 너무 강하면 아무리 기운을 빼내려 해도 잘 빠지지 않는다.

홍수가 나면 저수지 수문을 열어 수위를 조절해야 하는데, 수문으로 조절이 불가능할 만큼 폭우가 계속 쏟아진다면 결국 댐이 터지거나 넘쳐서 물바다가 될 수밖에 없다.

이런 사주는 개인적으로 일상에서 재성운을 만나면 제일 나쁜데, 서로 강한 기운들이 다투며 재물을 뺏으려고 하니 군겁쟁재로 손실을 입게 된다. (재성운에 재물복이 있을 거라는 일반적인 통념과 반대다) 그리고 개인의 성향은 서로 통하지 못하므로 꽉 막혀 고집불통으로 나타나며 주변에 인물이 없어 가난하거나 고독한 삶을 살게 된다.

그러나 이런 경우에도 운에서 꽉 막힌 수문을 열어주듯이 기운을 조절하고 확장시키는 운을 만난다면 단점이 해결되고 만사가 제대로 풀릴 수 있다.

운의 흐름은 변화하지만 계속적이지는 않으므로 운의 변화에 따라 부단히 길흉의 반복을 겪게 된다. 팔자가 원래부터 잘 구성되어 있다고 볼 수는 없으며 좋은 운을 만나야 발복이 되는 형태이므로 일반적으로 차질과 고난이 많은 사주라고 할 수 있다.

사주팔자의 구성이 사람의 인생사와 다를 바 없고 인성의 형성에도 영향이 크니 연구할 가치가 충분하다 할 수 있겠다. 그런 구조의 사주라면 미리 단점을 파악하여 개운할 수 있는 삶을 살아가야 하는 것이다. 재물이 있으면 다투기 전에 서로 나누고, 불통을 소통으로 바꾸는 지혜를 배우고 실행한다면 비록 오행으로부터 부여받은 기운이 조화롭지 않다 할지라도 인격도야를 통해 존경받는 인생을 살아갈 수 있을 것이다.

남편이 술독에 빠져 살아요

● ● ◑ ◔ ○

술 좋아하는 사람은 누가 말린다고 해서 듣지 않는다. 술에 빠져 사는 것이야 본인 사정이겠지만 사주팔자에도 남편이 술독에 빠져 사는 경우가 나타나니 참으로 우스운 일이 아닐 수 없다. 비즈니스로 어쩔 수 없이 술을 먹는 사람들도 많지만 습관적으로 술을 입에서 떼지 못하고 매일 술과 함께하는 경우도 있다.

술은 인간관계의 폭을 넓혀주고 인생의 힘든 점을 달래주는 동반자로 손색이 없지만 대부분 건강을 해치게 되고 의도하지 않은 실수를 유발하므로, 지나친 음주는 삼가야 할 것이다.

여기서 사주팔자로 들어가보면, 금이 물에 잠긴 형상을 '금침수저(金沈水底)'라고 하는데 사주에서는 금이 약하고 수가 왕해서 생기는 부작용을 주로 나타낸다. 오행의 생극제화의 원리상 금은 수를 생하는데 수가 너무 왕하면 금이 물에 잠겨버린다는 의미이다.

인생사 팔자소관인 경우도 많으니 남편이 매일 술에 빠져 산다면 구박만 하지 말고 내 팔자가 어떤가 한번 알아보는 것도 나쁘지 않을 일이다. 나를 알면 남을 원망하는 일이 줄어들 것이요, 운명을 아는 자 팔자를 원망할 일도 줄어들 것이다.

사주팔자에 금이 남편이 되는 여자가 있다. 즉, 내가 목이라면 금이 남편이 되는데 이런 여자의 사주에 물이 범람한다면 금이 물에 잠기는 형상이 된다. 남편이 술독에 빠져 알콜중독자가 되거나 운이 안 좋은 경우 물에 빠지는 경우가 생길 수 있으니 주의할 일이다.

다행히 좋은 운을 만나면 무탈한데 이런 사주의 경우 좋은 운이란 토운으로 수를 제압하고 금을 생해주는 운을 말하므로 사주 구성이 그리할지라도 이와 같이 좋은 운으로 계속 진행한다면 위와 같은 폐해는 발생하지 않는다.

형제덕이 있는 사주가 있는가?

● ● ◑ ◐ ○

예전 초등학교 시절에는 교과서에 동화 '의좋은 형제' 이야기가 실려 있었다. 형제지간의 우애는 가문의 흥망성쇠에 영향을 줄 만큼 중요한 덕목이었으나, 사람의 욕심이 끝이 없는지라 가진 자가 더 가지려 하다 보니 유산 상속 문제가 끊이지 않고 세간에 회자되고 있다. 특히 유산이 많을 경우 문제는 더욱 심각하고 개인의 성향에 따라 양상은 다르지만 사주에서도 잘 나타나고 있다. 재를 놓고 서로 탐하여 패가망신하는 유형의 군겁쟁재 사주가 대표적이다.

사람의 인성은 교육에 의해서도 좌우되지만 탄생시에 대자연으로부터 받은 기본적인 에너지로 형성된 기운이 있어 교육으로도 바꿀 수 없는 부분이 있다.

아무리 많이 배운 사람들도 욕심이 끝이 없고 유산, 재산상속으로 오히려 더 많은 문제를 일으키는 것을 보면 욕심은 교육으로도 다스리기 어려운 항목인 듯하다.

그렇다면, 형제지간에 서로 돕고 힘이 되어주는 사주가 있는가?

사주구성에 재가 많고 본신이 힘이 없어 약할 때는 재가 많더라도 취할 능력이 없게 되므로 그림의 떡이 된다. 이러한 사주의 형태를 '재다신약' 사주라 칭하는데, 이럴 경우에는 나와 같은 오행이 힘이 되어주므로 약한 본신이 그 힘에 의존하여 재를 취할 수 있게 된다. 즉, 혼자서는 재를 취할 힘이 부족해도 형제나 친구, 동료의 힘을 얻으면 나의 힘이 강해지므로 비로소 재를 취하는 형태가 된다. 형제의 덕이 크다고 말할 수 있으며, 일상에서도 형제덕을 보면서 살아가는 사례가 많다. 즉, 이런 사주는 형제덕이 있는 사주이다. 사주용어로 '득비리재'라고 하며, 동업을 해도 괜찮은 사주로 보므로 공동투자 사업을 해도 성공가능성이 높다.

요즘 세태에 형제지간에 조그만 재산 분배 갈등으로도 서로 등지고 사는 세상인데 재산의 크기를 떠나 꼴불견이 아닐 수 없다. 위와 같은 사주라면 그런 일들은 발생하지 않을 듯하다.

주의할 점은 형제, 동료의 힘에 의지하여 지탱하는 사주에 있어 운에서 형제, 동료에 해당되는 오행을 극하는 경우는 매우 나쁜 운이라 해석한다.

사주팔자에 재관이 좋아 잘 나갔는데도
운을 잘못 만나면 순간에 낙마하는 이유는?

● ● ◐ ○ ○

　사주팔자에 복이 많아서 관직에 나아가 성공하고, 재산도 충분히 벌어서 명예와 부를 한꺼번에 거머쥔 남부러운 사람들을 볼 수 있다. 그런데 가끔 뉴스를 보면 절대 그럴 일 없을 것 같은 사람도 한순간에 명예와 부를 모두 잃어버리기도 한다. '배록축마(背祿逐馬)'의 운을 만난 것이다. 관직을 등지게 되고 재산을 잃는 운이다. 사주에 아무리 팔자 구성이 좋아도 운을 잘못 만나면 타고난 사주팔자의 기능에 방해를 받아 적절히 활용이 불가능하고 패망하기도 한다.

　일반적으로 사주에 관이 좋다고 하면 직장, 관직을 나타내는 관성의 역할이 뚜렷하여 사주의 오행 기운을 효율적으로 조절하므로 사주의 성정이 올바르게 나타나 대체적으로 안정된 공직생활이나 직장생활을 하게 되는데, 이로 인해 재물도 함께 따라오므로 여유로운 생활을 하는 경우가 많다.

　관성은 다양한 역할을 하지만 사주에 본신과 동일한 오행이 많아 강해졌을 때는 이를 적절히 통제해준다. 관성이 뚜렷하고 힘이 있어 적절히 사주를 통제하여 안정적으로 유지시키면 사주 주인공도 훌륭한 품격을 갖추게 되는데 이런 역할이 관성의 주된 임무이다. 이런 형태로 사주가 잘 통제되면 규범적이고 정제된 활동을 하게 되므로 관직이나 직장에서 타의 모범이 되어 성공하는 경우가 많다.

그러나 관성의 역할이 좋아 보일지라도 그것을 방해하는 사주의 오행 또한 강하게 자리잡고 있어 관성이 힘을 쓰지 못하면 결국 관직과는 인연이 적거나 없게 된다. 즉 관성을 배척하는 오행이 사주에 함께 있어 관의 중요한 작용을 방해하는 것을 '배록(背祿)'이라 하는데 록은 관을 지칭하는 것으로 배록을 당하면 관직에 인연이 없어서 성공하기 어려우며 직장생활도 여의치 못하게 된다.

그러나 현실에서 보면 경제적, 사회적 이유로 이러한 사주구조를 가진 사람들도 직장생활을 할 수밖에 없는 경우가 많은데 주로 직장생활에 스트레스가 심하며 다행이 운에서라도 관을 생해주는 재성운을 만나 도움을 받게 되면 운이 작동하는 기간에는 관과 인연이 생겨 그럭저럭 생활하게 된다.

관의 힘이 부족하거나 방해를 받을 때 재성의 역할은 매우 중요하여 관성에 힘을 보태주고 살려주는 역할을 하는데 만일 운에서 다시 재성이 극을 당한다거나(조력자를 잃게 되는 경우) 본신의 힘을 강하게 하는 운을 만나게 된다면 재성이 파괴되어 재성은 관성을 생조하지 못하게 되므로 재성과 관성이 함께 깨지게 되는 매우 난감한 상황에 봉착한다. 설사 그간 성공의 운을 만나 재물을 얻었다 할지라도 '축마'의 재를 쳐내는 운을 만나게 될 때 형제, 친구, 동료로부터 금전적 피해를 당하게 되니 각별히 유의해야 할 것이다.

비록 원래의 사주에 재관이 잘 짜여져 있어 좋은 사주라 할지라도 운을 잘못 만나면 관성이 배척당하고 재성이 극을 당하는 운을 동시에 만날 수도 있는데, 이럴 때는 관이 물러서고 재물도 물러서는 운이라 하여 패망할 수 있으므로 항상 본인의 운을 잘 점검하여 대비하는 자세가 필요하다.

사주에 병이 들었다는데요, 병든 사주가 있는지요?

● ● ◐ ○ ○

　사주팔자를 분석하려면 사주에 있는 오행들의 생극제화 역학관계를 파악해야 한다.

　사주의 오행은 목화토금수로 이루어져 있으며 서로 상생하거나 극하는 형태로 작용하는데, 경우에 따라 무해무득하게 작용하기도 한다.

　사주구성상 병을 유발하는 각 주체 관점에서의 오행별로 예를 들어 보면 본인을 나타내는 사주의 주체인 일간이 금이라고 했을 때 사주구성에 토가 많다면 금이 묻혀버리는 형상이 되어 토가 즉, 병이 되는 것이다. 만약 주체가 목인데 토가 많다면? 목이 토를 극하므로 토는 목의 입장에서 보면 재물이다. 그러나 나는 약한데 재가 많다면 힘이 부족한 본신이 재를 취하지 못해 생기는 불균형 형국인 재다신약의 형상이 되어 이 또한 사주의 병이다.

　또한 주체가 수인데 사주에 토가 많다면 토는 수를 극하는 살기이므로 토인 살은 중중하고 주체인 신은 약한 살중신경으로 이 또한 병이 된다. 그리고 주체가 토인데 또 토가 많다면 토가 붕괴되는 형상으로 사주의 문제를 일으키게 되므로 이 또한 병이다.

이러한 경우에 사주에 병이 들었다고 하는데 이와 같이 토가 문제를 일으키는 사주라면 목이 토를 극제하는 역할을 하게 되고 이때의 목을 약이라고 한다. 그런데 토가 중해서 생기는 병에 치료하는 약이 없다면 그 사주는 그 문제로 발생하는 여러 가지 원인으로 인해 불편한 인생을 살 것으로 판단된다. 또한, 토가 중해서 목을 귀하게 쓰려 하고 있는 경우에 목을 극하는 오행인 금이 사주에 있어 목의 기능을 억제하여 그 역할을 못하게 한다면 이 또한 사주의 병이 되는 것이다. 이렇게 사주 자체에 병이 있는 경우가 있다.

　이외에도 사주에는 운이라는 역할이 있어 만일 금운이 오게 되어 목을 극제하여 그 역할을 못하게 한다면 이 또한 사주의 큰 병이 된다.

　고서에 사주 자체에는 병이 없어도 운에서 병을 만나면 생명이 위험할 수 있고 원래 사주에 병이 있는데다 운에서도 중첩하여 병을 만나면 생명의 위험을 면하기 어렵다고 했다. 하지만 사주에 병이 없어야 좋은 것은 아니며 병이 있으면서 치료약이 있는 것이 더 좋다 했다. 오언독보(五言獨步)라는 글에는 '유병(有病)이면 방위귀(方爲貴)'라 하여 병이 있는데 제거하면 귀히 된다고 했다. 이는 크게 귀하고 부자되는 사람들은 그냥 얻어지는 것이 아니고 시련과 위기를 극복하고 심신이 단련된 후에 얻어지는 것과 같다.

　맹자의 고자장구 하편에는 이런 구절이 있다.

　　천장강대임어시인야 天將降大任於是人也
　　필선고기심지 必先苦其心志
　　노기근골 勞其筋骨

아기체부 餓其體膚

공핍기신 空乏其身

행불란기소위 行拂亂其所爲

소이동심인성 所以動心忍性

증익기소불능 曾益其所不能

하늘이 장차 어떤 사람에게 큰일을 맡기려 할 때는

반드시 먼저 그 마음을 괴롭히고

신체를 고단하게 하며

배를 굶주리게 하고

생활을 곤궁에 빠뜨려

행하는 일마다 어지럽게 하나니

그것은 마음을 분발하게 하고 성질을 참게 하여

해내지 못하던 일을 능히 감당할 수 있게 하기 위함이다.

크게 쓸 재목은 미리 시련을 통해 검증해본다는 의미가 사주에 적용되는 예이다. 그러니 사주에 병이 있다고 해서 크게 걱정할 필요는 없고 오히려 약이 있는가 살피는 일이 더 중요하다. 단, 사주에 병이 있다고 무조건 귀하게 된다는 의미는 아니다.

운의 중요성이 더욱 강조되는데 운에서 병운을 만나느냐 약운을 만나느냐에 따라 사주의 운명이 결정되는 것이다. 병이 되는 운을 직접 만나야만 위험한 것은 아니고 병과 관련된 운을 돕거나 병중이 강한데 뿌리를 건드리면 위험하다 했다.

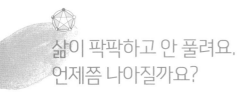

삶이 팍팍하고 안 풀려요,
언제쯤 나아질까요?

● ● ◗ ◔ ○

사주팔자의 구성이 좋지 않아 운을 기다려야 하는 경우는 대개 좋은
운이 올 때까지 힘든 삶을 보낸다.

예를 들어 사주의 구성이 이렇다고 해보자.

○	乙 목	辛 금	○
酉 금	未 토	○	巳 화

나는 여린 나무에 비유되는 을목으로, 땅은 메마르고 건조하며 주변
에 온통 나를 힘들게 하는 것들 뿐, 도와주는 기운이 없다. 나무는 물도
적당히 있어야 뿌리를 내리고 온도와 습도도 맞아야 하는데 이런 척박
한 땅에는 뿌리내리기도 힘들거니와 물기운이라고는 하나도 보이지 않
는 돌밭과도 같으니 인생 여정이 힘들 가능성이 많다.

자세한 사주형편은 주변 오행의 상황에 따라 일부 변화가 있을 수 있
겠으나 운에서 비도 내려주고 촉촉한 땅이 되고 영양분도 보충 받는 시

기가 되면 삶이 나아진다고 볼 수 있다. 그런 운이 언제 오는지는 사주의 운로를 보아 판단하면 되는데 운에는 개인에게만 별도로 적용되는 운이 있고 만인에게 공통으로 적용되는 운이 있다. 예를 들면 대운이라고 하는 10년마다 바뀌는 운은 개인에게만 별도로 적용되는데 10년간 영향을 주므로 사주의 환경을 변화시킬 수 있어 매우 중요하다.

예를 들어 위 사례의 경우 대운이 당분간 돌밭의 상황으로 온다면 옥토의 상황이 될 때까지 미래를 준비하는 자세로 임해야 한다. 겸허히 준비하고 기다리면 때가 되었을 때 비로소 대발할 수 있는 것이다.

그리고 만인 공통의 운은 해마다 오는 세운, 월운, 일운 등인데 기운은 같지만 사람에게 작용하는 역할이 다르다. 운의 역할은 대운, 세운, 월운, 일운 등이 복합적으로 작용하므로 잘 판단하여야 하며 세운의 영향력과 대운의 영향력이 가장 큰 것으로 보면 된다.

어머니의 자식사랑이 심하여
도리어 자식을 망치는 경우

● ● ◐ ◑ ○ ○

　어머니의 자식사랑 깊은 것이 어디 죄가 될까마는 너무 지나치면 자식을 망친다는 말이 있다. 사주용어에 '모자멸자(母慈滅子)'라는 말이 있는데, 이는 어머니의 정이 지나치면 오히려 불길해지는 사주를 뜻한다. 만약 내가 목으로 태어난 형상이면 어머니는 나를 생해주는 물이 된다. 꽃을 길러보아도 잘 알겠지만 화분에 물을 너무 많이 주면 나무가 물에 떠버리거나 썩는 경우가 있다. 또 다른 설명으로 내가 조그마한 불인 화로 태어났는데 화를 생하는 땔감 나무를 적당히 보태 넣어야 불길이 잘 타오르는데 그렇지 않고 나무를 많이 갖다 넣거나 큰 통나무를 쪼개지 않고 약한 불 위에 올려놓으면 오히려 불이 꺼지는 현상과 같다. 즉, 어머니의 사랑이 지나쳐 자식을 망치는 경우를 말하고 있는데 어떤 운을 만나는가에 따라 상황의 전개가 다르며 모자멸자의 해결책에 대해 사주에서도 제시하고 있다.

　모친의 생이 지나쳐 나 혼자 받기에 부담스러울 때 그 정을 나누어 받으면 되는데 형제를 얻게 되면 모정이 분산되므로 대체적으로 해결되는 경우가 많다. 이런 형태의 사주는 과다한 정을 분산시키는 운을 만나면 가장 좋다.

보통 외아들, 외동딸의 경우 지나칠 정도로 애지중지 키우게 되는데 형제가 있게 되면 정이 분산되어 모자멸자의 부작용이 줄어들어 문제점이 해결될 수 있다.

어머니의 넘치는 힘을 극하여 조절하는 방법도 있다. 예를 들어 이런 사주의 남자는 마마보이가 되기 쉬운데 실제 삶에서는 결혼하여 부인을 얻게 되면 철이 든다. 사주로 보면 남자의 부인은 재성이요, 어머니는 인성인데 재성은 인성을 극하므로 며느리가 되는 부인이 어머니의 성정을 조절하게 되는 것이다.

그런데 재미있는 부분은 사주 해석에서도 이 방법이 모두 해당되는 게 아니라 이러한 사주는 어머니의 힘이 매우 강하여 생기는 병이므로 며느리의 힘 또한 강해야만 해당되고, 며느리의 힘이 약한 경우 어머니에게 잘못 대항하면 오히려 자신이 다칠 수 있음을 명시하고 있다.

어머니의 힘이 매우 강하고 대항할 힘이 부족하면 며느리든 자식이든 그 힘에 묻어 살아야지 어설프게 이러한 사주명식의 남자가 아내의 힘을 빌어 어머니를 꺾으려는 역모지리를 도모하다가는 큰 화를 당할 수 있다. 어머니가 인자한 마음으로 나를 생하는데 어설프게 재성이 들어 파괴하려다가 완전하게 그 힘을 조절하지 못하면 파란이 일어난다 했다.

실로 사주와 인생이 매우 닮아 있음을 또 한번 실감하게 된다. 예비 며느리들은 남편의 사주팔자 명식을 잘 살피고 시어머니의 성정을 파악하여 관계설정에 참고하는 것이 고부갈등을 해소하는데 도움이 될 것이다.

이러한 명식의 경우 순생지리로 어머니의 정을 나누면서 조절하는 게 원활한 해결책이지 대항하는 방법으로 힘을 꺾는 해결책은 쉽지 않다고 볼 것이며 이러한 사주명식의 소유자는 각별히 부인과 어머니와의 원활한 인간관계 설정에 노력해야 할 것이다.

실제 사주에서도 이렇게 모자멸자 형태의 명식은 어머니에 해당하는 힘인 인성이 강하므로 이를 범하는 역모지운을 만나면 재앙을 보게 되는데 현실에서는 직장에서 낙마하거나 재물손실 또는 건강을 해칠 수도 있으므로 해당 운을 잘 살펴보아야 한다.

아내가 자식을 낳으면 강해지는 이유

● ● ◑ ◐ ◖ ○

　사주에서 일주(日柱)가 강하다면 재성인 아내를 전혀 두려워하지 않는다. 예를 들어 남편이 목이라면 아내는 토가 된다. 목이 강한데 금도 없다면 목은 누구의 통제도 받지 않게 되어 더욱 강해진다. 그러면 토가 아무리 단단하고 강해도 목은 토를 두려워할 이유가 전혀 없다. 즉, 강한 남편은 아무리 포악한 성격의 아내라도 전혀 두려워하지 않는다는 것이다. 하지만 사주에 아내인 토가 많으면서 토가 생해주는 금이 있다면? 토가 낳은 금이 거꾸로 목을 공격하게 된다. 이렇게 되면 목인 남편은 무기를 가진 아내인 토를 두려워하게 된다.

　처음에는 얌전하고 순종적이었던 아내가 자식을 낳은 후 남편을 하늘같이 생각하기는커녕 목소리가 커지고 대담해지는 현상을 흔히 볼 수 있다. 오히려 남편이 아내 눈치를 보아야 하는 상황이 벌어지는 것이다.

　1970년대 가수 최희준이 부른 노래 '엄처시하'에서도 보여지듯이 이 현상은 매우 일반적인 가정사였던 것이다.

열아홉 처녀때는 수줍던 그 아내가

첫아이 낳더니만 고양이로 변했네

눈밑에 잔주름이 늘어가니까

무서운 호랑이로 변해버렸네

그러나 두고보자 나도 남자다

언젠간 내 손으로 휘어잡겠다

큰소릴 쳐보지만 나는 공처가

한세상 사노라면 변할 날 있으련만

날이면 날마다 짜증으로 지새는

마누라 극성 속에 기가 죽어서

눈치밥 세월 속에 청춘이 가네

그러나 두고보자 나도 남자다

언젠간 내 손으로 휘어잡겠다

큰소릴 쳐보지만 나는 공처가 나는 공처가

남편이 목이라면 아내는 토가 되고 아내인 토가 낳은 자식은 금이다. 자식인 금은 목인 남편을 극하는 관성이 된다. 관성은 나를 극하는 성분이므로 전에 없던 관성이 나타나면 남편은 관성에 대한 두려움을 갖게 되는 것이다. 남편에게 두려움을 주는 관성을 낳는 것은 재성인 아내이다. 결국 자식은 아내의 강력한 무기가 되고, 자식을 낳은 아내는 관성이라는 무기를 소유한 몸으로 강하게 변신한다. 강해진 아내는 남편에게 더 이상 얌전하게 순종할 이유가 없다.

인간사에서 오히려 남편이 아내를 무서워하게 되는 현상이 일어나는데, 명리학에서는 이것을 '부건파처'라고 한다. 강한 지아비가 처를 두려워 한다는 것이다.

　명리학과 인간사는 너무도 밀접하게 연결되어 있음을 알 수 있다.

운명을 아는 자는 하늘을 원망하지 아니하며
자신을 아는 자는 남을 원망하지 않는다.

− 유향

2장

학문으로서의
사주명리

1. 명리학사

중국의 고수들이 발전시켜온 명리학을 공부하며 필자는 본 학문이 시대적 변혁과 함께 동양사상의 일부분으로 연구하고 발전시킬 충분한 검토 가치가 있다는 것을 알게 되었다. 청동기, 철기 시대 등 인간의 문명이 발달해온 과정처럼 명리학의 발전에도 많은 역사적 전환점이 있었다.

한국에도 많은 명리 고수들이 존재했고, 그분들이 서적으로 남긴 자료를 보면《사주첩경》《명리요강》《명리사전》《사주정설》《사주추명설》 등은 후학의 명리교재로 손색이 없고《우주변화의 원리》는 명리도서와 또 다른 각도에서 큰 가르침을 주며 동서양을 넘나드는 학문의 깊이가 상당하다.

'사주명리학'은 과연 학문으로서 어느 위치쯤 포지셔닝되어 있을까? 공맹사상, 노장사상, 서양철학사 등에 비교하면 명리학은 사상적이 아니어서 그런지 괜시리 작아지는 느낌이 든다. 제도권에서 인정받은 학문이 아니어서일까, 아니면 논리적이지 않아서 대중의 외면을 받는 것일까.

서양철학이든 동양철학이든 철학은 어차피 논리로 설명될 수 없다. 논리로 입증된다면 과학이라고 해야 할 것이다. 과학이 모든 현상을 다 입증하고 있지 못하는데 구태여 그 부분에 있어 위축될 이유가 없다.

우선, 명리학의 발달사를 간단히 살펴보기로 하자. 명리학은 점에서 시작하여 철학으로 발전되었다.

● 점

고대로부터 중국사회에서는 역(易)의 원리로 인간사 길흉을 예측하려 했던 흔적이 있다. 여기서 말하는 역은 주역으로, 주역의 발생설은 몇 가지가 존재하나 서지적 고증이 명확하지 않으며, 복희씨가 황하강의 용마의 등에 나타난 형상으로 선천팔괘를 만들고 후에 문왕이 후천팔괘를 만들었다는 설이 가장 많이 알려져 있다.

주역은 3개의 효인 소성괘와 소성괘가 두 개씩 어우러진 대성괘를 가지고 점을 친다.

● 철학으로 발전

명리학이란 사람이 태어난 연월일시 네 기둥에 나타난 천간과 지지의 음양오행의 배합을 보고 개인의 운명을 예측하는 학문분야로써 문헌적인 근거가 부족한 것은 사실이다. 춘추전국시대 낙록자로부터 사주가 비롯되었다는 설도 있고 한나라, 위나라, 진나라에서부터라는 설도 있다. 현재의 자평명리학은 이허중과 서자평이 기원이라는 학설이 대립하며 한나라 동중서에 의해 오행설이 음양설과 합쳐져 음양오행 이론이 완성되었다고 한다.

주역과 명리학은 실질적으로 크게 관련이 없으며, 음양을 기본으로 하고 있다는 점이 같아 명리학과 주역이 같은 이론에서 비롯된 것으로 착오를 일으키기도 한다.

● **중국의 명리학**

한대(漢代)의 지배적인 학설인 왕충의 정명사상(正命, 명이 정해져 있다는 이론)이 자리잡게 되면서 음양오행설이 인간의 운명을 예측하는 학설로 영향을 미쳤다고 한다.

십간 십이지가 시간을 표기하는 육십갑자로 쓰인 기원은 동한시대 순재 이후로 알려져 있으며 천문역법 발전에 따라 명리학도 함께 발전했다.

● **한국의 명리학**

한국에서 '사주'라는 단어가 기록된 문헌상 학문적 근거는 고려시대부터라고 하는데 복서에 관련한 것으로 명리학은 아닌 것으로 추정된다. 조선왕조실록에 태종의 어머니 한씨 신의왕후가 명리학자 문성륜에게 태종의 사주를 문의한 기록(1401년, 태종원년)이 있다고 전해지는 바, 그 전에 사주학이 국내에 유입되었다고 추정된다. 왕실에서도 명리학을 사용하였으며 권력장악, 역모의 수단으로 사용되기도 했고 문정

왕후의 동생 윤원형이 국복과 모의하여 세자빈 간택에도 사용되었다고
한다.

명리학은 터득하기가 매우 어려워 일반인들에게는 당사주, 토정비결
등이 보급되었다. 예전에는 명리 관련서가 몇 권 되지 않았지만 지금은
대형서점의 한 코너를 차지할 정도로 명리서적이 많이 나와 있다. 하지
만 초학자일수록 무슨 책을 보아야 하고 어떻게 공부해야 하는지에 대
한 안내서가 없다. 명리 관련 서적의 옥석을 가리기도 어렵고 명리학의
역사 및 현재 위치도 자세히 알 수 없는 것이 현실이다.

● 명리학의 현재 위치

명리학은 조선시대에는 국가고시과목으로 인재등용의 수단으로도
사용되었는데, 일제 강점기 시대에 민족문화 말살정책의 일환에 따라
강제적으로 왜곡되면서 미신으로 취급되기도 했다. 제대로 된 공부를
하기 위해서는 역사의 올바른 이해가 필요하다.

동양학의 분류 및 명리학의 위치에 대한 분류 방법에는 여러 가지가
있는데, 동양오술의 명·복·의·상·산으로 분류하자면 '명'의 분야에
속한다. 현대 명리학은 자평명리학이라 불리는데, 일간 중심의 명리학
으로 발전시킨 서자평 선생의 이름을 따라 부르고 있다.

점술이 나무를 보는 것과 같다면, 명리학은 숲을 보는 것이라 할 수
있다.

2. 음양의 이해

● ◐ ◑ ◔ ○

△　▽

　여기에 두 개의 삼각형이 있다. 어느 것이 음이고 어느 것이 양일까?
하나는 끝이 위로 향하고 있고 다른 하나는 끝이 아래를 향하고 있다.
　역삼각형이 양이고 정삼각형이 음이다. 삼각형 상단에 동그란 점을
찍어(△▽) 화장실의 남녀 구분을 한 픽토그램을 본 적이 있을 것이다.
일반적인 개념으로 음양의 구분은 남녀, 노소, 전후, 좌우 등으로 나눌
수 있다. 양은 가볍고 활동적이며 밝고, 음은 무겁고 안정적이며 어두
운 특성을 가지고 있다. 역삼각형은 불안정하고 쓰러지지 않기 위해 계
속 움직여야 하는 팽이의 모습과 같다. 활성동을 연상시키며 어깨 쪽이
넓은 남성의 모습이다. 반면 정삼각형은 안정적인 산의 모습이다. 산은
어머니의 품과 같다고 하며 아래쪽이 넓은 여성의 모습이다.

　다음으로, 유형과 무형이 있다. 어느 것이 양이고 어느 것이 음일까?
형태가 있으면 양이고 형태가 없으면 음일까?
　물을 연상해 보시기 바란다. 음양 구분에 있어 기와 질로 구분할 수

있다. 물은 형체를 갖춘 물질로써 음이다. 물은 가열하면 수증기가 되어 사라진다. 유형인 물이 화기를 만나 무형인 기로 변한 것이다. 기는 형체가 없으며 양이다.

다음 단계, 사람의 앞과 사람의 뒤 중 어느 쪽이 양이고 어느 쪽이 음일까? 잠시 생각해보기 바란다.

사람의 뒷면이 양이고 얼굴 앞면이 음이다. 한의학에서도 경락, 경혈 등이 지나가는 것을 구분하고 사람을 치료할 때 음양을 구분하는 기준이다. 태양볕을 많이 받는 등쪽이 양이다. 직립 보행을 하지 않는 동물을 연상하면 이해가 쉬울 것이다. (그러나 사람의 앞뒤 전후 개념으로 음양을 연상하여 이 분류를 반박해도 틀렸다고 할 수 없다. 위의 설명은 기능적인 면에서 인체를 설명한 것으로, 동양학을 이해하는데 있어 중요한 것은 분류의 맞고 틀림이 아니라 생각의 깊이와 다양성과 유연성이다)

세 가지 모두를 별 고민 없이 맞추었다면 이미 음양의 공부가 반 이상 되었다고 할 수 있다.

명리학을 공부하는데 있어 음양의 이해보다 중요한 것이 없으며, 음양은 기본 중의 기본이다. 관심이 있어 더 깊이 공부하고 싶다면 다른 좋은 책들이 많이 있으니 참고하시기 바란다. 이 책에서는 초학자들을 위해 기본적인 내용만 다루어보기로 한다.

음양을 구분할 때 상대성, 의존성, 운동성, 공간성, 변화성 등 다양한 측면에서 벌어지는 현상을 가지고 분류하는 방법이 있는데 가장 기본적인 것은 우주 자연의 모든 현상은 상호 대립되는 두 개의 속성을 가진다는 것이다. 사물이나 현상의 서로 대립되는 양면의 하나를 음이라 하고 다른 하나를 양이라 한다. 그렇게 모든 현상은 음양의 구분이 지어지는데 그 구분은 영속적인 것도 아니며 상대성을 가지고 또다시 변화하며 음이 극에 달하면 양이 되기도 하고 양이 극에 달하면 음이 되기도 한다.

모든 현상과 사물을 음양으로 분류하는 방법은 무한하다. 보통의 경우 남성은 양이고 여성은 음이라 분류하지만 군대와 같이 남성만으로 구성된 사회라든지 또는 여성만으로 구성된 사회 안에서는 그 속에서 또다시 강한 남성상을 가진 사람이 양 중의 양이 되고, 연약한 여성상을 가진 사람이 음 중의 음으로 분류될 수 있다. 아마도 음양론에서는 사물의 모든 현상을 음양이라는 틀 속에 넣어야 했으므로 위와 같은 음양의 구분이 무한하게 확장되는 분류가 불가피했을 것이다.

음양을 쉽게 이해하기 위해서는 자연의 질서 속에서 일어나는 모든 현상을 상대적 속성을 가진 음양적 사고로 넓혀보는 것이 필요한데 그 방법은 무궁무진하여 다 기술하기 힘들다.

앞서 말한 대로 음양은 서로 대립되는 현상 같지만 상호 보완하고 의존하는 관계이다. 양이 없으면 음도 없듯이 음이 없으면 양도 없다. 상대방이 존재하지 않는다면 나의 존재가 무의미해지는 것이다. 또한 음양의 대립과 의존도 고정된 것이 아니라 항상 움직이면서 변화하는 것인데 음이 커지고 양이 줄어들 듯이 서서히 일어나는 변화도 있고 음양이 바뀌어버리는 급작스러운 변화도 있다.

따라서 명리학을 공부하는데 있어 음양오행의 생극제화를 파악하는 것이 무엇보다도 중요한데, 특히 변화하는 부분이 매우 중요하면서도 까다롭다.

동양사상에는 부분이 전체에 영향을 미치고 전체가 부분에 영향을 주는 전체관 사상이 있다. 명리학은 이러한 동양사상의 전체관에 바탕을 두고 대우주인 자연의 변화, 즉 음양오행의 변화를 읽어내어 소우주라고 하는 인간 생활의 변화에 적용하는 학문이므로 인간사 모든 길흉화복과 흥망성쇄가 우주 변화 속에 존재한다고 본다.

음양 구분을 예로 들어보면, 일월, 천지, 남녀, 경중, 출입, 상하, 좌우, 전후, 대소, 주야, 동정, 생사, 강약, 정신, 부귀빈천 등을 들 수 있다. 단, 양음 순서 배열도 있지만 음양 순서로 배열되는 것도 있으니 헷갈리지 않기 바란다.(귀신, 호흡, 내외 등)

● 운동성으로 나눠본 음양

양 상 승 출 부 …
음 하 강 입 침 …

● 공간성으로 나눠본 음양

양 동 강성 건조 외향 …
음 정 쇠약 습윤 내향 …

● 우리 풍습 속 음양

양을 대표하는 과일로는 '대추'를 들 수 있고 음을 대표하는 과일로는 '밤'을 들 수 있다. 결혼식을 치르고 폐백을 드릴 때 부모님이 밤(栗), 대추(棗)를 던져주는 풍습이 있다. 대추는 씨가 단단하고 열매를 맺지 않고는 꽃이 떨어지지 않는 특성이 있어 후손 번창을 기원하는 의미를 담고 있다. 밤은 조상을 상징한다고 하여 자손을 잘 낳아 조상과 후손이 대대로 이어짐을 기원하는 의미가 있다.

장례식에서 절을 두 번 하는 데에도 다 이유가 있다. 양은 홀수, 음은 짝수이며 양은 생, 음은 사이다. 사의 세계에 있는 이에게 예를 갖출 때에는 절을 두 번 하는 것이다.

동지날 팥죽을 먹는 이유도 음양의 조화에서 출발한다. 동지는 일년 중 낮의 길이가 가장 짧아 음의 기운이 극에 달하는 날이다. 음의 기운이 극에 달하면 나쁜 기운이 설칠 수 있다고 믿고 이를 몰아내기 위해 여름내 태양볕을 받으면서 자란 대표적인 양기를 가진 곡식인 팥으로 죽을 쑤어 먹어 음양의 조화를 기원했다.

● 천간 지지로 알아보는 음양

천간(天干)은 10개로 이루어져 있으며 지지(地支)는 12개로 이루어져 있어 십간십이지라고 한다. 천간은 갑을병정무기경신임계, 지지는 자축인묘진사오미신유술해이며, 시간, 방위, 띠, 계절, 색 등에 12지지를 활용할 수 있다.

• 천간의 음양 구분
양 - 갑, 병, 무, 경, 임
음 - 을, 정, 기, 신, 계

• 지지의 음양 구분
양 - 인, 진, 사, 신, 술, 해
음 - 자, 축, 묘, 오, 미, 유

천간	갑 甲	을 乙	병 丙	정 丁	무 戊	기 己	경 庚	신 辛	임 壬	계 癸
음양	양	음	양	음	양	음	양	음	양	음
오행	목	목	화	화	토	토	금	금	수	수

지지	자 子	축 丑	인 寅	묘 卯	진 辰	사 巳	오 午	미 未	신 申	유 酉	술 戌	해 亥
띠	쥐	소	범	토끼	용	뱀	말	양	원숭이	닭	개	돼지
음양	음	음	양	음	양	양	음	음	양	음	양	양
오행	수	토	목	목	토	화	화	토	금	금	토	수
월	11	12	1	2	3	4	5	6	7	8	9	10
시간	23-01	01-03	03-05	05-07	07-09	09-11	11-13	13-15	15-17	17-19	19-21	21-23
방위	북	북동	동북	동	동남	남동	남	남서	서남	서	서북	북서
계절	겨울	겨울	봄	봄	봄	여름	여름	여름	가을	가을	가을	겨울
오색	흑	황	청	청	황	적	적	황	백	백	황	흑

천간 지지의 음양 구분 외에도 위와 다른 기준이 있을 수 있는데 전후 시간적 개념으로 구분하면 다음과 같다.

- 천간 – 양 : 갑을병정무   / 음 : 기경신임계
- 지지 – 양 : 자축인묘진사 / 음 : 오미신유술해

계절 개념으로 판단하여 구분할 수도 있다.

- 양 : 인묘진, 사오미
- 음 : 신유술, 해자축

사주 분석을 위해 꼭 알아야 하는 음양 중 지지의 '체'와 '용'이 바뀌는 것이 있는데 체는 양이지만 용은 음으로 활용되는 '자, 오'가 있고, 체는 음이지만 용은 양으로 활용되는 '사, 해'가 있으니 반드시 알아두어야 한다. 음양을 [양 : 자, 인, 진, 오, 신, 술 / 음 : 축, 묘, 사, 미, 유, 해]로 구분하기도 하고 [양 : 인, 진, 사, 신, 술, 해 / 음 : 자, 축, 묘, 오, 미, 유] 로 구분하기도 한다.

초보자들의 경우 아직 사주 분석을 할 줄 몰라도 사주 간지의 음양을 구분할 줄 안다면 본인 사주팔자의 음양이 어떻게 이루어졌는지 구분해보는 것으로 음양 공부를 시작할 수 있다. 또한 오행을 함께 공부하면서 목화의 기운인 양, 금수의 기운인 음을 이해하면서 음양오행을 시작하면 된다.

3. 오행의 이해

● ◕ ◑ ◔ ○

우주의 모든 만물이 다섯 가지 법칙과 질서 안에서 움직인다는 이론으로, '오'는 다섯이며 '행'은 움직임을 상징하는데 주기적 순환 및 정지 등을 의미하기도 한다.

오행은 목화토금수(木火土金水)로 분류하는데 목화(木火)는 양이며 금수(金水)는 음으로 분류할 수 있고 토(土)는 목화금수를 조절하는 역할을 하며 음양의 모든 성질을 가지고 있으니 음과 양의 중간에 있다고 볼 수 있다.

음양에 대한 분류가 고정된 것이 아니듯 양의 기운인 목화 속에도 음이 있고 음의 기운인 금수 속에도 양이 있는데 목은 소양, 화는 태양, 금은 소음, 수는 태음으로 분류할 수도 있다. 오행을 이해하는데 있어 흔히들 물상적인 공부 위주로 하다 보면 '수는 물이요, 화는 불이다'라는 식의 물질적으로만 생각하려고 하는데 오행을 제대로 공부하기 위해서는 그 정신성을 함께 이해해야 한다. '화'의 예로, 화의 운동성과 화에 담긴 정신 등을 파악하면 음양오행의 이해가 빨라질 수 있다.

오행은 어떠한 물질이 아니라 우주 대자연의 기운으로, 단지 그 작용의 이해를 돕기 위하여 자연계 물상의 특징을 대입하여 설명한 것뿐이다. 또한 그 사물의 음양을 구분한다고 갑목, 을목을 다시 세분화하여 큰 나무나 화초 등으로 비유하기도 하나 자칫 오행에 대한 잘못된 고정관념을 갖기 쉬우므로, 오행의 기운이 가진 속성이 무엇인지를 파악하는 것이 중요하다. 갑을목이나 병정화 등은 오행의 기운을 음과 양으로 구분한 것일 뿐, 하나의 기운에서 나온 기질의 차이로 이해하면 된다.

● 천간의 오행과 지지의 오행

사주를 분석하기 위해서는 오행의 '체'와 '용'의 역할을 알아야 하며 지지의 수와 화는 천간의 기운을 포함한 지장간의 역할에 따라 체와 용이 바뀌어 활용된다는 것을 알아야 한다.

4. 오행 상생상극의 이해

●●◐◑○

　　상생상극에 대하여는 좋고 나쁨의 개념이 아니라는 걸 먼저 이해해야 한다. 상세한 설명 없이 그림만 보면 상생상극에 대한 잘못된 고정관념이 생길 수 있는데, 봄 여름 가을 겨울의 계절의 변화처럼 봄 여름에 성장 위주로 운행하는 것을 '상생'이라고 한다면 가을 겨울은 지속적인 성장을 억제하고 결실을 맺고 다음의 봄을 준비하는데 이것은 성장을 극제하게 되므로 '상극'이라고 이해하면 된다.

- 상생 : 수생목, 목생화, 화생토, 토생금, 금생수
- 상극 : 수극화, 화극금, 금극목, 목극토, 토극수

오행의 상생은 우주자연의 변화처럼 지속적인 순환과정을 닮았다.

- 수생목 : 물은 나무를 생한다
- 목생화 : 나무는 몸을 태워 불을 생한다
- 화생토 : 불은 흙을 데우고 생한다

- 토생금 : 흙은 쇠를 단단하게 생한다
- 금생수 : 쇠는 물을 머금고 솟아나게 생한다

오행의 상극은 상생과 반대되는 개념으로 생각하면 된다.

- 수극화 : 물은 불을 꺼버린다
- 화극금 : 불은 쇠를 녹인다
- 금극목 : 쇠는 나무를 자른다
- 목극토 : 나무는 흙을 파괴한다
- 토극수 : 흙은 물을 막는다

오행의 상생과 상극은 오행이 서로 만나 영향을 주는 상호작용을 말하는데 지나치면 오히려 역효과를 나타내는 반대의 작용도 있으니 반드시 이해하여야 한다.

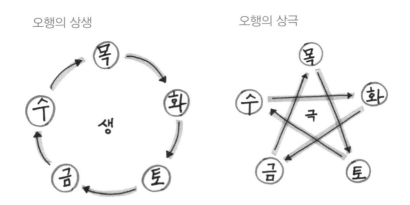

오행의 상생   오행의 상극

◉ 상생의 역효과

- 수생목 : 수다목부 – 물이 많으면 나무 뿌리가 썩거나 나무가 물에 떠버린다
- 목생화 : 목화다식, 목다화멸 – 나무가 많으면 불이 타지 못하고 꺼진다
- 화생토 : 화다토조 – 불이 많으면 흙이 메마른다
- 토생금 : 토다금매 – 흙이 많아 쇠가 묻혀버린다
- 금생수 : 금다수탁 – 쇠가 많으면 물이 탁해진다

이와 같이 상생에도 과유불급의 피해를 볼 수 있는데, 사주 분석을 하다 보면 매우 많은 사례가 발생한다. 상극에 있어서도 상대의 힘이 강하면 극하지 못하고 본성을 잃게 된다. 이것을 잘 파악할 수 있어야 정확한 사주 분석이 가능하다.

◉ 상극의 역작용

- 수극화 : 화다수갈 – 불이 강하면 물이 증발해버린다
- 화극금 : 금다화식 – 쇠가 강하면 녹이지 못하고 불이 꺼진다
- 금극목 : 목다금결 – 나무가 강하면 쇠가 부러진다
- 목극토 : 토다목절 – 흙이 강하면 나무가 뚫고 나오지 못하고 부러진다
- 토극수 : 수다토류 – 물이 강하면 흙이 쓸려난다

상극의 반대현상에 있어서도 자연현상을 바탕으로 생각하면 이해하

기 쉬운데 정확한 사주 분석을 위해 반드시 알아야 하며 아무리 상대가 약하더라도 무리지어 대항하면 극하지 못하고 오히려 피해를 본다.

오행의 역생

역 생

상생상극에 대한 고정관념에서 벗어나 역생에 대한 개념도 이해할 수 있어야 올바른 사주 분석이 가능하다. 사주 분석은 오행의 생화유통을 이해하는 학문인데 순생에 대한 것은 쉽게 이해가 되지만 역생에 대한 것은 쉽게 이해하기 어렵다.

역생은 목생수, 수생금, 금생토, 토생화, 화생목을 말한다. 어떤 현상에 대한 고정관념은 오행의 생극제화에 대한 일방통행식 이해를 강요하게 되는데 이는 사주 분석의 다양성을 방해하므로 잘못하면 반대로 해석하는 오류를 범하게 된다. 순생의 개념으로 보아 수생목하자면 물이 나무를 생하여야 하지만 반대로 물만 고여 있고 나무가 없으면 물은 썩어버리게 된다. 이때 나무가 물을 흡수하여 순환시키는데 물이 썩는 것을 방지하고 나무를 타고 계속 흐를 수 있게 하여 목생수하게 되는 역생의 현상이 일어나는 것이다.

물이 강한 토에 막혀 흐르지 못하고 고이면 썩게 되는데 만일 나무뿌리가 흙을 파고들어 물을 흐르게 하여 흐르고자 하는 물의 본성을 살려주면 이것을 역생이라고 한다.

물과 나무의 예를 들었지만 다른 모든 현상에도 이러한 역생의 개념이 있다는 것을 생각하고 다른 지지에도 적용할 수 있어야 한다.

5. 십간 십이지

● ● ◐ ◐ ○

간지는 천간 10자와 지지 12자를 부르는 말이다. 천간은 하늘에서 흐르는 양의 기운, 지지는 땅에서 흐르는 음의 기운이다. 십간 십이지는 한의학의 12경혈 만큼 중요하다.

● 천간
하늘을 나타내는 10개의 기운을 말하는데, 다섯 개의 오행으로 나누어지며 다시 음양으로 분류할 수 있다.

● 지지
지지는 땅의 기운으로 천간의 기운을 받아 간직하는데 천간처럼 단일한 기운이 아니라 두 개 이상의 기운이 섞인 것으로 천간에 조응하여 움직이므로 그 변화가 매우 복잡하다.

오행의 속성

구분	목	화	토	금	수
천간	갑, 을	병, 정	무, 기	경, 신	임, 계
지지	인, 묘	사, 오	진, 술, 축, 미	신, 유	해, 자
방위	동	남	중앙	서	북
색	청색	적색	황색	백색	흑색
계절	봄	여름	환절기	가을	겨울
오장	간	심장	비장	폐	신장
속성	인	예	신	의	지
수리	3, 8	2, 7	5, 10	4, 9	1, 6
오관	눈	혀	입	코	귀
발음	ㄱ, ㅋ	ㄴ, ㄷ, ㄹ, ㅌ	ㅇ, ㅎ	ㅅ, ㅈ, ㅊ	ㅁ, ㅂ, ㅍ

체용의 변화

- 체 – 양: 자 인 진 오 신 술

      음: 축 묘 사 미 유 해
- 용 – 양: 인 진 사 신 술 해

      음: 자 축 묘 오 미 유

명리학은 용(쓰임새)을 중시하므로 상기의 변화를 유념하도록 한다.

오행	목	화	금	수
방국	인 묘 진	사 오 미	신 유 술	해 자 축
계절	봄	여름	가을	겨울
방위	동	남	서	북

● ◐ ◑ ◔ ○

지지는 천간의 기운을 받아서 간직하고 있는데 지장간이란 지지 속에 저장되어 있는 천간을 말한다.

● 지장간 분류방법

절입일로부터 구성된 1개월간의 기후의 변화에 따른 천간의 배치

지지	자	축	인	묘	진	사	오	미	신	유	술	해
여기	임	계	무	갑	을	무	병	정	무	경	신	무
중기	계	신	병	을	계	경	기	을	임	신	정	갑
정기	계	기	갑	을	무	병	정	기	경	신	무	임

학자들마다 월률분야를 나누는 방법에 차이가 있으니 참고하시기 바란다.

지장간 외우는 일이 초학자에겐 많이 어렵고 성가신 일이다. 아래 암기법을 참고하고 더 좋은 암기방법이 있으면 스스로 만들어서 활용하면 좋다.

● 지장간 암기법

자 : 자기야? 나 임신한 것 같아. 계란이 먹기 싫어.

축 : 축축한 비린내 나는 계란을 먹었더니 신트림 기운이 올라오는 것 같아.

인 : 인시에 무조건 병원에 갑자기 찾아오면 진료가 안 돼요.

묘 : 묘하게도 갑돌이가 을순이를 사랑하네.

진 : 진짜로 을순이는 계란과 무를 잘 먹었다.

사 : 사랑에 속고 무척 상처 받아 경황없이 병원에 실려갔다.

오 : 오 마담이 병든 것은 기정 사실이다.

미 : 미운 정을 기대하지 마라.

신 : 신여사가 무도장에서 임을 만나 경사났다.

유 : 유마담이 경찰에 신고했네

술 : 술은 신정날 가족이 모여 무척 마신다.

해 : 해월에 무 먹고 갑순이가 임신했다.

● 간지의 변화

• 천간의 합충

천간의 합은 음양합, 애정합, 부부합이라고도 하며 음양이 각기 다른 오행의 천간이 아래와 같이 합하는 것으로, 많은 변화를 일으킨다.

천간합	변화	성 정
갑+기	土	중 정 지 합
을+경	金	인 의 지 합
병+신	水	위 엄 지 합
정+임	木	인 수 지 합
무+계	火	무 정 지 합

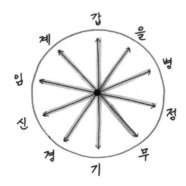

천간의 충은 191쪽에서 자세히 다루기로 한다.

• 지지의 변화 (지장간의 변화)

〈삼합〉 – 사회적 결합, 목적 결합, 종적결합

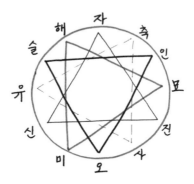

〈육합〉 – 음양합, 애정합, 사적결합

지지육합	자+축	인+해	묘+술	진+유	사+신	오+미
변화	토	목	화	금	수	화

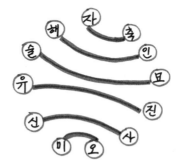

〈상충〉

자오	축미	인신	묘유	진술	사해
충	충	충	충	충	충

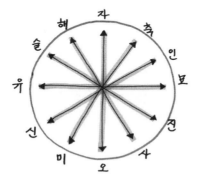

충이 일어나면 변한다, 움직인다, 분발한다, 분리된다, 깨진다, 이별한다, 파멸한다, 파괴된다, 폭발한다 등의 결과를 초래하는데 나쁜 의미만 있는 것은 아니므로 변화를 일으키는 점에 주목해야 한다.

7. 세운과 대운

명리학을 잘 모르는 사람들은 어떤 대운(大運)을 만났다고 하면 큰 운을 만나 좋은 일이 일어날 것으로 오해하는 경우가 있는데 명리학에서 대운이라 함은 10년 주기로 변화되는 개인에 특화된 운으로, 그 기간 동안 사주의 환경을 지배하는 운이다.

대운의 좋고 나쁨에 따라 사주의 환경이 바뀌므로 운의 변화를 자세히 살펴야 하는 것이다. 10년이면 강산도 변한다는 말이 있듯이 인생에 있어서도 10년은 자신의 삶을 변화시킬 수 있는 기간이다.

좋은 대운에서의 성공과 실패는 한 사람의 인생을 결정지을 수 있을 정도로 영향력이 막강하므로 그 기회를 위해 준비하고 노력하여 성공을 이룬 사람과 허송세월을 보낸 사람과의 차이는 극명하게 나타날 것이다.

선천적으로 부여받은 사주가 조금 부족하더라도 대운에서 보충을 받게 되면 발복하는 경우를 흔히 보는데 옛 사람들은 사주가 아무리 좋더라도 운 좋은 것만 못하다고 말했을 정도이니 사주 분석의 백미는 다가오는 운로를 정확히 예측하는 데 있다 할 것이다.

선천적으로 타고난 사주팔자를 '명'이라고 하고 후천적으로 다가오는 시간은 '운'이라고 한다. 누구에게나 공통적으로 맞이하는 세운(1년 주기)과 태어난 월주를 기준으로 정해지는 개인마다 다르게 맞이하는 운인 대운(10년 주기)을 합쳐 운이라고 할 수 있다.

사주를 분석하기 위해서는 먼저 명을 파악하고 다가오는 대운이 세운과 만나면서 일어나는 변화를 정확히 읽어내야 한다. 그래야 사주의 길흉화복 정도와 성패의 시기를 알아낼 수 있는데 그 변화가 매우 복잡하므로 자세히 분석하는 것이 쉽지만은 않다.

흔히 사주를 자동차에 비유하고 운을 도로에 비유하여 예를 많이 든다. 대운은 자동차가 앞으로 가야 할 도로의 환경과 같으며 세운은 도로를 운행하면서 개인에게 발생하는 크고 작은 일로 보면 되는데 아무리 차가 좋아도 도로와 환경이 나쁘다면 제기능을 다 발휘할 수 없으므로 환경이 좋지 않은 구간에서는 주의하여 안전운전 해야 한다. 운이 좋지 않은 경우에는 삼가고, 좋을 때를 대비하는 삶의 지혜를 얻을 수 있는 것이다.

인간사에 있어 흔히 마주치게 되는 문제들은 대부분 좋은 운에 잘 나갈 때 제대로 관리하고 대비하지 못해서 일어나기 마련이다. 언제나 탄탄대로를 달릴 것처럼 생각하고 욕심이 지나쳐 무리하게 투자를 하거나 인간관계에 실패하고 인심을 잃고 망가지는 경우를 흔히 보게 된다. 자신의 운로와 처지를 오판한 경우이며 매사가 항상 나쁘거나 항상 좋을 수만은 없다는 평범한 지혜를 간과하는 데서 오는 일이다.

어려울 때는 미래를 생각하고 준비해야 하며, 잘 나갈 때에도 미래를 준비하며 주변에 덕을 쌓는 일이 중요하다.

◉ 대운 정하기

대운은 10년 주기로 변한다. 사주의 월주를 기준으로 하는데 년의 음양에 따라 방향이 정해진다. 천간이 갑병무경임인 해는 양년이고, 을정기신계년은 음년으로 구분하는데 양년에 태어난 남자는 양남, 음년에 태어난 남자를 음남이라고 한다. 여자도 마찬가지로 양년에 태어난 여자를 양녀, 음년에 태어난 여자를 음녀라고 한다.

대운을 정할 때는 양남음녀는 순행하고 음남양녀는 역행한다.

대운수 계산은 양남음녀는 미래절로 계산, 음남양녀는 과거절로 계산한다. 양남음녀의 경우 대상자의 출생일 다음날로부터 미래 절입일까지 일수를 3으로 나눈 후 나머지 수가 1이면 버리고 2이면 반올림한다. 음남양녀의 경우는 과거절로 역행하여 계산한다.

◉ 대운의 역할

대운은 사주에서 정해진 명에 대한 부귀와 길흉의 흐름을 파악할 수 있는 것인데 대운 하나의 작용력은 10년간으로 보며 천간과 지지를 구분하여 보지 않는 것이 원칙이다. 대운은 지지의 작용력이 더 크다고 판단하므로 지지 흐름의 움직임을 주로 살펴보되 천간의 흐름과 세운과의 상호 작용력을 함께 파악하여야 한다.

대운의 간지 변화에 있어 천간이 길하고 지지에서도 생조하면 길함이 배가 되고 천간은 길하나 지지가 극하면 길함이 감소된다. 반대로 천간이 흉한데 지지가 천간을 극하면 흉함이 감소되나 천간이 흉한데 지지가 천간을 생조하면 흉함이 배가된다.

지지의 분석도 천간과 같은 요령으로 판단하면 된다. 세운의 경우에는 사주의 일년 동안을 관장하는데 천간 지지의 작용력과 대운과의 관계를 잘 살펴야 한다.

8. 육신 이해하기

● ● ◑ ◔ ○

　자평명리 이론은 사주의 여덟 글자 중 일주를 기준으로 하여 운명을 해석한다. 이때 일간을 주체로 하여 나머지 일곱 글자와의 관계를 나타낸 것을 육신이라고 하는데 육친 또는 십신이라고 표현하기도 한다.

　일간과 나머지 글자와 대운 및 세운을 음양오행의 생극과 음양의 차이를 구분하여 부모형제처자 또는 남편으로 가리는 혈연 분류를 육친이라 하며 더 나아가 재산, 명예, 인간관계 등 사회적 관계까지도 구분한 것으로 그 내용을 잘 살펴보면 인간관계 활용에 있어 심오한 경지에 이르는 분류법이 아닐 수 없다.

　육신은 정재와 편재인 재, 정인과 편인인 인, 정관과 편관(칠살), 식신과 상관을 지칭한다.

　오행의 생극은 정재, 편재, 정관, 편관(칠살), 정인, 편인, 식신, 상관, 비견, 겁재의 10가지에서 일어나므로 이를 10성 또는 십신이라고 한다.

육신의 개념

아극자는 재성이며 편재, 정재이고
생아자는 인성이며 정인, 편인이고
극아자는 관성이며 편관, 정관이고
아생자는 식상으로 식신, 상관이고
비아자는 비겁으로 비견, 겁재이다

일주 \ 육신	비견	겁재	식신	상관	편재	정재	편관	정관	편인	정인
갑	갑	을	병	정	무	기	경	신	임	계
을	을	갑	정	병	기	무	신	경	계	임
병	병	정	무	기	경	신	임	계	갑	을
정	정	병	기	무	신	경	계	임	을	갑
무	무	기	경	신	임	계	갑	을	병	정
기	기	무	신	경	계	임	을	갑	정	병
경	경	신	임	계	갑	을	병	정	무	기
신	신	경	계	임	을	갑	정	병	기	무
임	임	계	갑	을	병	정	무	기	경	신
계	계	임	을	갑	정	병	기	무	신	경

　육신은 오행의 생극제화를 바탕으로 하는 명리학의 기본이므로, 사주 분석시 육신의 변화의 추이를 제대로 판단하여야 하는데 매우 복잡한 변화가 숨어 있으므로 신중한 검토가 필요하다.

◑ 육신의 표출

1 **비견** – 나(일간)와 오행이 같고 음양이 같음.
   남 : 형제, 친구, 동창생, 경쟁자
   여 : 자매, 친구, 동창생, 시아버지 형제

2 **겁재** – 나(일간)와 오행이 같고 음양이 다름.
   남 : 남매, 이복형제, 경쟁자, 며느리, 딸의 시어머니
   여 : 자매, 시아버지, 동서간, 이복자매, 아들의 장인

3 **식신** – 내(일간)가 생해주는 오행으로 음양이 같음.
   남 : 손자, 장모, 사위, 생질녀
   여 : 딸, 아들

4 **상관** – 내(일간)가 생해주는 오행으로 음양이 다름.
   남 : 장모, 손녀, 생질, 외숙모
   여 : 아들, 딸

5 **편재** – 내(일간)가 극하는 오행으로 음양이 같음.
   남 : 아버지, 첩, 애인
   여 : 아버지, 시어머니, 아들의 장모

6 **정재** – 내(일간)가 극하는 오행으로 음양이 다름.
   남 : 처, 아들의 장인
   여 : 외손자, 시어머니 형제간

7 **편관** – 나(일간)를 극하는 오행으로 음양이 같음.
   남 : 아들, 딸의 시아버지
   여 : 애인, 정부, 며느리 형제간

8 정관 – 나(일간)를 극하는 오행으로 음양이 다름.

　　남 : 딸

　　여 : 남편, 며느리, 딸의 시어머니

9 편인 – 나(일간)를 생해주는 오행으로 음양이 같음.

　　남 : 계모, 외손녀, 아들의 장모

　　여 : 계모, 손자, 사위

10 정인 – 나(일간)를 생해주는 오행으로 음양이 다름.

　　남 : 어머니, 장인

　　여 : 어머니, 손녀

● 육신의 성격

1. 비견

　비견은 일간과 오행이 같고 음양이 같은 것으로, 독립 성향이 강하며 자기중심적이고 자존심과 승부욕이 강하다. 고집이 세고 남에게 굴복하는 것을 매우 싫어하며, 남과 충돌하기 쉽고 타인과 불화 논쟁이 많다. 비견이 많은 명은 아극재하는 기질로 인하여 형제나 배우자와 불화하는 경우가 많다.

　사주에 왕한 비견의 기운을 잘 조절해주는 관성이 있으며 식신과 재성이 잘 어우러져 있으면 사업수완을 발휘하여 부자가 되는 명이다.

　– 자존심이 강하며 성취욕, 추진력이 강하다.

- 자기 중심적이며 고집이 세다.
- 독립적이며 공사 구분이 뚜렷하다.
- 지배당하기를 싫어한다.
- 비견이 많으면 부모, 형제 인연이 약하다.
- 비견이 태과하면 부친과 인연이 약하다. (남명은 처를 극한다)
- 비견이 많으나 재가 약하면 형제 불화한다.
- 비견이 많은 명식에 관이 약하면 친구, 형제로부터 피해가 있다.
- 비견이 왕한 여명이 관이 약하면 남편과 인연이 약하다.

2. 겁재

일간과 오행이 같으나 음양이 다른 것으로, 이름에서 보듯이 재물을 겁탈한다는 의미로 투쟁적이며 독단성을 갖고 있으며 파괴, 폭력, 재물 소모, 시기, 질투, 투기, 도박 등 흉폭한 성질을 내포하고 있다. 자존심이 강하고 지기 싫어하는 승부사적 기질이 있다. 신약한 사주명식에는 비견의 역할을 대신한다.

- 이기적이고 투쟁심이 강하다.
- 부모 형제 친구 간에 불화하기 쉽다.
- 겁재가 태과하면 난폭해지고 처를 극한다.
- 겁재가 일지에 있으면 배우자 인연이 약하다.
- 여명의 겁재는 남편의 정을 빼앗아가는 경우를 염려하여야 한다.
- 손재, 도난, 사기 등의 사건이 발생하기 쉽다.

- 신약한 사주는 겁재의 도움을 받아 주변의 도움이 있다.
- 신강한 사주는 시비수, 관재수가 있다.
- 비겁이 많고 관성이 없으면 가난하다.

3. 식신

일간이 생하는 것으로 일간과 음양이 같으며 재성을 생해주는 역할로 길신이다. 희생적이고 창조적이며 낙천적으로 예술성이 뛰어나다. 사교와 처세에 능하며 봉사와 희생정신도 갖고 있어 사회활동에 적합하다. 신약하면서 식신이 태과한 명식은 허황되며 경솔하기 쉽다.

- 낙천적이며 총명하고 창조적이다.
- 인간관계 및 사업수완이 좋아 주변의 평가가 좋은 편이다.
- 효율적 투자로 재산증식에 탁월하다.
- 남명에 식신이 태과하고 관도 없으면 자식과 인연이 적다.
- 식신이 태과하며 관을 극하면 결단성이 부족하다.
- 신강한 여명에 식신이 왕하면 자식과 인연이 좋다.

4. 상관

일간이 생하는 것으로 일간과 음양이 다르며 정관을 극하는 기질이 있다. 예술성과 정신적인 면이 발달하여 재능이 뛰어나고 총명하며 호기심도 많다. 자기 주장이 너무 강하여 화합 타협보다는 비판적이고 거

만하며 불손하고 변덕스럽다. 문장력이 뛰어나고 달변이며 좋은 운을
만나면 발복 속도가 매우 빠르다.

- 임기응변과 언변이 뛰어나고 총명하며 아이디어가 출중하고 논리
  적이다.
- 관찰력과 추리력이 뛰어나며 예술적 기질이 강하다.
- 자존심이 강하고 고집이 세며 비판적, 반항적, 부정적이며 변덕스
  럽다.
- 신약한 명식에 상관이 많으면 입조심을 못해 시비, 관재구설에 오
  르기 쉽다.
- 여명에 상관이 많으면 남편을 극한다.

5. 편재

일주가 극하는 오행으로 일주와 음양이 같은 것으로 재물을 탐하는
성향이 강하며 활동적이다. 역마 성분으로 규정하기도 하는데 좋은 운
을 만나면 횡재하거나 크게 성공한다. 인간관계와 외교 사업수완이 좋
고 투기를 좋아하며 배짱도 좋으며 처세에 능하다.

- 욕심이 많으며 재화를 탐내는 경향이 있다.
- 호탕하며 풍류적이고 허풍과 낭비벽이 있다.
- 요령과 수완이 좋다.
- 사치나 이성, 유흥, 도박 등의 문제를 일으키기 쉽다.

- 신왕한 명식에 편재는 식상운 등 좋은 운에 크게 발복한다.
- 투기와 모험심이 강해 작은 일보다 일확천금 식의 욕심이 많으며 낭비가 심하다.
- 개척정신이 강하고 행동이 민첩하다.
- 남명이 정편재가 혼잡되면 돈, 여자 문제로 고생한다.

6. 정재

일주가 극하는 오행으로 일주와 음양이 다르다. 실리적이며 근면 성실하여 정당한 노력으로 안정되게 부를 축적한다. 공사구분이 명확하고 정직하며 도덕적이고 치밀하여 정확한 업무를 처리하는데 적합하다. 고지식하며 소심한 것이 단점이며 최종결정 등에 있어 우유부단한 편으로 손해를 보는 경우가 있다.

- 신용이 있으며 책임감이 강하다.
- 자기관리에 능하고 성실하며 안정적이다.
- 경영 및 업무수행 능력이 치밀하고 공사가 분명하다.
- 신강한 명에 정재는 결단력 있고 인간관계가 좋다.
- 비겁이 많아 정재를 극하면 군겁쟁재되어 복록이 감소된다.
- 신약한 남명에 재성이 태과하면 처로 인해 고생한다.
- 재성이 고지에 들어 있으면 인색하다.

7. 편관

일주를 극하는 오행으로 일간과 음양이 같다. 투쟁력과 결단력 등 과감한 성향을 갖고 있으며 영웅적이며 권위적이다. 머리가 영리하며 급진적이고 반항적이며 권모술책에 능하고 강한 추진력도 갖추고 있다.

편관이 잘 중화되어 좋은 명식이 되면 문무를 겸하여 사법, 군인, 경찰 등에서 크게 성공하는 경우가 많으며 부귀와 영화가 함께 따른다.

- 의리와 정이 있으며 모험심이 강하다.
- 실행력이 있으며 총명하고 결단성이 있다.
- 명식이 잘 짜여져 있으면 위엄있고 당당하여 무관으로 성공하는 경우가 많다.
- 고집이 세고 난폭한 면이 있으며 반항적이다.
- 권모술책과 허풍이 세고 시비가 많다.
- 여명에 정편관이 혼잡되면 남편복덕이 부족하고 남자와의 인연이 좋지 않다.
- 신강한 명을 편관이 제어하지 못하면 무능해진다.

8. 정관

일간을 극하는 오행 중 음양이 다른 것으로, 도덕적이고 규범적이다. 질서와 안정, 정직과 근면을 나타내며 공정무사한 자세로 품위와 절제의 표상이다. 신용과 정직을 추구하므로 실속보다는 명예적인 면이 강하며 원리원칙에 강하다. 윤리와 정직과 성실성이 요구되는 공무원이나 금융계에 적합하다.

- 신용과 책임을 바탕으로 원리원칙을 준수한다.
- 질서와 예의를 중시하며 자기관리가 엄격하다.
- 총명하며 인간관계가 좋은 편으로 명예를 추구한다.
- 성실하며 책임감이 강하여 능력을 인정받고 성공한다.
- 남명에 정편관이 없으면 자식과 인연이 약하다.
- 신약한 명에 식상이 태과하면 정관이 무능해져 성공이 어렵다.

9. 편인

일간을 생해주는 오행으로 음양이 같다. 다재다능하며 재치가 있으나 전념하지 못해 마무리가 약한 특성이 있다.

기회주의적이며 순발력이 요구되는 업무에 적합하여 기획, 연예, 언론 등에 적합하다.

- 임기응변에 능하고 재치와 순발력이 뛰어나다.
- 초지일관하기 어렵고 끝맺음이 약하다.
- 예측불허하며 독특한 캐릭터로 굴곡이 많은 편이다.
- 명식에 편인이 많고 제화되지 않으면 고독하다.
- 여명에 편인이 태과하면 남편과 자식의 인연이 약하다.

10. 정인

일간을 생하는 오행으로 음양이 다르다. 어머니의 마음과 같으며 학자와 같은 특성이다. 이해심이 많고 훌륭한 인격과 도량을 갖추었다. 두뇌가 명석하고 학문에 관심이 많으며 노력파로 교육자나 청렴한 공직에 적합하다. 실리적이지 못하고 남의 이목에 집중하므로 기회를 포착하지 못하는 경향이 있다.

- 덕망과 품위가 있으며 정직하다.
- 학자 타입으로 명예와 의리를 중시한다.
- 어려운 일에 협조자의 도움을 받는다.
- 여명에 정편인이 태과하면 자식과 남편의 인연이 약하다.
- 명식에 정편인이 태과하면 게으르다.

● ● ◑ ◐ ◖ ○

　음양오행의 변화를 설명하는데 있어 여러 가지 형태의 기운이 있지만 합과 충은 서로 다른 성질의 기운이 만나게 될 때 일어나는 변화로써 상호간에 가장 많은 영향력을 행사하는 기운이다. 일반적으로 생각하기에 '합'은 서로 화합하여 모여서 강한 기운을 이루고, '충'은 충돌하고 파괴하여 흩어지는 작용이니 합은 좋고 충은 나쁘다고 생각하기 쉬우나 항상 그런 것은 아니므로 상황에 따라 판단해야 한다.

● 합

　서로 다른 속성을 가진 두 개 이상의 오행이 결합하여 성질이 변하거나 다른 오행을 생산하는 경우이다.

1. 천간의 합
　천간합은 음양이 짝을 이루어 다른 오행의 기운을 생산한다. 음양이 합하므로 부부합, 애정합이라고도 부른다. 서로 상극하는 오행이지만 부부에 해당하는 육신으로 구성되어 있으며 사주 분석시 정신적인 변화를 파악하는데 중요하게 사용되며 운로와 함께 판단하여야 한다.

천간합	변화	성정
갑+기	土	중 정 지 합
을+경	金	인 의 지 합
병+신	水	위 엄 지 합
정+임	木	인 수 지 합
무+계	火	무 정 지 합

천간합이 되었다고 무조건 합화하여 변하는 것이 아니고 주변 오행의 세력변화나 방해하는 육신 등에 의하여 자신의 역할을 제대로 하지 못하고 묶여 있는 경우가 있으니 사주 분석시 잘 살펴보아야 한다. 고서에서는 이런 상황을 '겉으로는 합을 한 것처럼 보이나 사사로이 연모하려는 마음만 있고 합하여 화하려는 의도가 없다'고 표현하고 있다.

2. 지지의 합
〈육합〉
지지육합도 음양이 짝을 이루어 합을 하게 되는데 천간합과 마찬가지로 다른 오행을 생산한다. 지지 역시 무조건 합하여 변화하는 것은 아니고 주변의 오행의 상황에 따라 매우 다른 현상이 발생한다.

지지육합	자+축	인+해	묘+술	진+유	사+신	오+미
변화	토	목	화	금	수	화

〈삼합〉

삼합은 음양의 구분없이 지지의 세 글자가 모여서 동일한 세력을 형성한 것으로, 육합보다 강력한 힘을 발휘한다. 12운성으로 보면 생, 왕, 묘지가 모여서 이루어진다.

세 가지 오행이 모두 갖추어지지 않은 경우에는 준삼합, 반합, 가합 등으로 불리는데 작용력에 차이가 있으며 왕지인 자오묘유를 중심으로 판단한다.

삼합	인오술	신자진	사유축	해묘미
종류	화국	수국	금국	목국

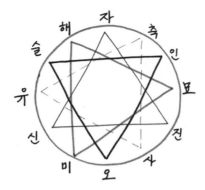

〈방합〉

방합은 방위를 중심으로 이루어진 지지합이다. 계절의 기운을 나타내며 같은 방위를 나타내는 세 가지 오행이 함께 있으면 방합이라고 한다. 삼합의 경우와 같이 두 개만 있어도 합으로 인정하는데 역시 작용력에 차이가 있으며 반드시 월지에 한 자가 있어야 한다.

◑ 충

충이란 성질이 반대되는 오행들이 부딪쳐 생기는 현상으로 수와 화, 금과 목이 부딪쳐 변하거나 움직이는 것을 말하는데 합과는 반대현상이라고 보면 된다. 다만 충의 작용을 말할 때 충돌, 분리, 파괴 등 부정적인 현상을 위주로 표현하기 쉬운데 움직이지 않는 것을 움직이게 하는 등 분발, 개척, 발동의 긍정적인 개념도 있으므로 사주 분석시 길흉 판단에 있어 잘 살펴야 한다. 특히 용신이나 희신이 다른 오행을 탐하여 합하려고 하는 경우 일주가 이를 충하여 보내버리면 '장부가 사사로운 정에 연연하지 않고 마음에 품은 뜻을 성취하려는 것과 같다'고 하여 충의 길한 작용을 설명하는 사례도 있다.

1. 천간의 충

천간의 충은 극의 의미와 같다. 칠살이라고 하며 충돌과 파괴의 성향이다. 천간의 충은 서로 상극하는 관계이며 음양이 같다. 천간 충은 지지에 비해 작용력이 빠르고, 사주 분석에 있어서는 정신적인 부분과 내적인 일보다는 외적인 부분에서 변화가 일어나는 특징이 있다. 천간에서는 금목과 수화의 상전을 충이라 하며, 그 외의 경우에는 일방적인 관계이므로 극이라 한다. (천간 충극의 표현에 대해서는 여러 이견이 있다)

갑경	을신	병임	정계
충	충	충	충

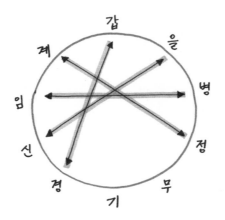

2. 지지의 충

지지에서는 아래와 같이 12지지가 서로 마주보는 것끼리 충을 하게
된다.

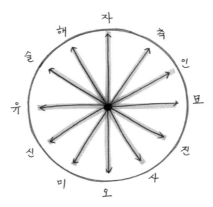

사주 분석시 충의 영향을 잘 살펴야 하는데 서로 상반되는 기운의 충
돌이므로 대체적으로 합보다는 부정적인 경향이 많은 편이다. 인간관
계나 성패에 있어 배신이나 덕망부족, 심리적 갈등이 있을 수 있고 건
강문제 등 일상사가 원활하지 못한 경우도 있다.

천간의 충은 지지에 영향을 주고 지지의 충도 천간에 영향을 주는데
비교적 천간충은 영향력이 적은 대신 빠르게 나타나는 편이고 지지의
충은 뿌리가 충하는 것이므로 영향력이 크게 나타난다.

10. 신살

● ● ◑ ◐ ◔ ○

사주의 오행의 생극제화 작용 중 합충을 제외한 나머지 다른 작용에 대하여는 근거론적인 면에서 논리가 부족하다 하여 부정적인 견해를 보이는 경우도 있으나 사주 분석시에는 실제로 작용력이 있는 것으로 판단하여 많은 명리학자들이 사용하고 있다. 합충을 제외한 나머지 형, 파, 해, 12신살, 공망, 삼재, 십이운성 등을 신살이라 부른다. (신살의 범위에는 이견이 있다)

● 형

형이란 형벌의 의미를 갖고 있으며 형의 성립은 지지의 삽합과 방합과의 대립이나 극의 작용으로 이루어지는데 강한 세력에 또다시 생을 하여 더욱 강하게 만드는 것은 중화를 잃게 하고 마치 형벌을 가하는 것과 같다. 이는 차면 넘치게 되는 이치라고 이해하면 된다. 형의 종류에는 자묘 상형(무례지형), 인사신 삼형(무은지형), 축술미 삼형(지세지형), 자형(진진, 오오, 유유, 해해) 등이 있다.

형이 있는 사주는 일반적으로는 자기주장이 강하고 냉정하며 무례하고 거칠다고 부정적으로 말하기도 하지만 사주 전체의 구성을 보고 판단하는 것이 중요하다. 사주에 형이 있어도 사주의 짜임새가 좋으면 오히려 길성으로 작용하여 명예와 권력을 쥐게 되어 만인을 다스리고 의리와 인정도 있어 맡은 바 분야에서 성공하는 사례가 많은데 사주가 조화롭지 못하면 흉성으로 작용하여 형벌이나 고난에 시달린다고 본다.

● 파

파는 파괴와 분리의 의미를 갖고 있는데 작용력이 합이나 형, 충보다 작으므로 사주 분석에 있어 크게 영향이 없다고 판단하는 학자들도 다수 있다. 그러나 사주 분석은 한두 가지 오행의 관계에서만 일어나는 것이 아니므로 항상 사주의 전반적인 상황을 고려해야 한다. 파와 함께 형, 충이 함께 발생하면 영향력이 의외로 커지는 경우도 있다.

자유파, 축진파, 인해파, 사신파, 묘오파, 술미파 등이 있다.

● 해

해는 지지의 육합을 방해하고 깨뜨리는 것으로 형 · 충 · 파보다는 작용력이 약한 것으로 알려져 있으나 부모형제와의 갈등과 마찰 등 주로 육친관계에서 발생하는 작용이 강하다.

자미	축오	인사	묘진	신해	유술
해	해	해	해	해	해

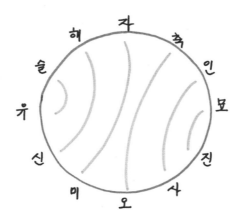

◉ 원진

원진은 지지의 충 되는 앞뒤 오행으로 주로 남녀 궁합에 사용되며 생년으로 대조하는 경우가 많은데 궁합은 지극히 개인적인 사항이므로 사주원국의 일지 원진의 영향력이 더 큰 것으로 생각하면 된다. 원진의 작용은 서로 특별한 이유 없이 싫어하게 되고 부모 자식 등 육친관계나 인간관계에 있어 갈등과 질투나 원망 등이 생기는 것을 들 수 있다. 특히 부부 간에 원진이 있으면 해로하기 어렵다고 한다.

〈동물 생태를 이용한 원진 설명〉

• 자-미 : 쥐가 양의 배설물을 싫어한다.

• 축-오 : 소는 말이 게으르게 놀고 먹는 것을 싫어한다.

• 인-유 : 호랑이는 야생성으로 닭이 울면 날이 밝아 물러가야 한다.

• 묘-신 : 토끼는 자신의 눈 색깔과 같은 원숭이 궁둥이가 빨간 것을
         싫어한다.

• 진-해 : 용은 돼지의 못생긴 코가 자신의 코를 닮아 싫어한다.

• 사-술 : 뱀은 개 짖는 소리에 놀라서 허물벗다 죽을 만큼 싫어한다.

● 백호대살

백호대살은 '대낮에 길가다 호랑이에 물려 피 흘리고 죽는다'는 뜻의 흉살이다. 옛날 전쟁이나 사변의 혼란기에는 이 살이 있으면 개에 물려 죽거나 총에 맞아 죽는 등 사주 실증 통변이 있었으나 요즘은 교통사고 등에 유의하여야 할 것이다. 백호살은 육십갑자 간지를 구성법에 의해 회전시켜 중궁에 드는 간지가 해당되는데 사방이 막혀 일이 잘 풀리지 않는 것으로 설명되기도 한다. 갑진, 을미, 병술, 정축, 무진, 임술, 계축이 해당된다.

정묘	임신	을축
병인	**무진**	경오
신미	갑자	기사

➡

4	9	2
3	**5**	7
8	1	6

순서 : 갑자 → 을축 → 병인 → 정묘 → **무진** → 기사 → 경오
       → 신미 → 임신 …

● 12신살

신살이라 함에 있어 신은 길신이요, 살은 흉신을 나타내는 의미의 용어인데 신살은 명리이론에서 나온 게 아니고 육임, 육효, 구성학, 기문둔갑, 구성학 등 여러 다른 명학과 점학에서 비롯된 것으로, 학자들 중에는 신살 적용은 오행의 생극제화 변화작용을 검토하지 않은 것으로 길흉파악의 근거가 부족하다고 보아 신살무용론을 말하기도 한다. 일부 학자들은 실관을 통하여 파악한 신살의 가치를 인정하고 있다.

사주 분석의 기세론이나 격국론이 주택의 구조와 같다면 신살은 주택의 인테리어에 비유할 수 있다. 신살은 무조건 배제할 대상은 아니고 그 중 활용가치가 높은 이론은 받아들일 필요가 있다고 생각하며 우선적으로는 오행 생극제화 변화의 큰 흐름을 파악한 후 신살로 사주의 성정과 기세를 상세히 살펴보는 지표로 사용하면 좋을 것이다.

12신살 지지 (삼합)	겁살	재살	천살	지살	년살	월살	망신살	장성살	반안살	역마살	육해살	화개살
사, 유, 축	인	묘	진	사	오	미	신	유	술	해	자	축
해, 묘, 미	신	유	술	해	자	축	인	묘	진	사	오	미
신, 자, 진	사	오	미	신	유	술	해	자	축	인	묘	진
인, 오, 술	해	자	축	인	묘	진	사	오	미	신	유	술

충	동	전	후
역	지	천	년
재	장	망	반
월	화	육	겁

● 공망

공망은 천간 10개와 지지 12개를 서로 짝을 지워줄 때 천간이 부족하여 두 개의 지지가 짝을 찾지 못하여 생기는 것으로, 비어 있으므로 공허하고 허무하다는 의미이다. 공망은 사주의 연월일시 간지 위치에 따라 작용력이 다르며 육신이나 육친관계의 해석에 있어서도 인연이 없거나 약한 것으로 본다.

천간 10자

갑甲	을乙	병丙	정丁	무戊	기己	경庚	신辛	임壬	계癸

지지 12자

자子	축丑	인寅	묘卯	진辰	사巳	오午	미未	신申	유酉	술戌	해亥

육십갑자

갑자	을축	병인	정묘	무진	기사	경오	신미	임신	계유	술해 가 공망
갑술	을해	병자	정축	무인	기묘	경진	신사	임오	계미	신유 가 공망
갑신	을유	병술	정해	무자	기축	경인	신묘	임진	계사	오미 가 공망
갑오	을미	병신	정유	무술	기해	경자	신축	임인	계묘	진사 가 공망
갑진	을사	병오	정미	무신	기유	경술	신해	임자	계축	인묘 가 공망
갑인	을묘	병진	정사	무오	기미	경신	신유	임술	계해	자축 이 공망

12운성＼일간	갑	을	병	정	무	기	경	신	임	계
장 생	해	오	인	유	인	유	사	자	신	묘
목 욕	자	사	묘	신	묘	신	오	해	유	인
관 대	축	진	진	미	진	미	미	술	술	축
건 록	인	묘	사	오	사	오	신	유	해	자
제 왕	묘	인	오	사	오	사	유	신	자	해
쇠	진	축	미	진	미	진	술	미	축	술
병	사	자	신	묘	신	묘	해	오	인	유
사	오	해	유	인	유	인	자	사	묘	신
묘	미	술	술	축	술	축	축	진	진	미
절	신	유	해	자	해	자	인	묘	사	오
태	유	신	자	해	자	해	묘	인	오	사
양	술	미	축	술	축	술	진	축	미	진

12운성을 신살에 포함시키는 경우를 놓고 이견이 있는데 12운성은 포태법이라고도 하며 인간의 생로병사를 닮았고 자연계의 순환과 같다. 12운성의 작용력을 감안하여 실제 사주 분석시 중요한 지표로 사용하는 학자들이 많다.

12운성의 적용은 천간의 음양에 따라 순환방향이 다르다. 양간은 순행하고 음간은 역행하는데 음양의 구분 적용에 있어 학자들 사이에서 논란의 대상이 되고 있다.

11. 격국

● ● ◑ ◔ ○

격국이라 함은 격과 국을 합한 것이며 격은 사주가 나타내는 특징을 말한다. 즉, 사주를 일주(일간)에 대비하여 유형별로 구분한 형태이다. 격에는 사주가 선천적으로 나타내는 특징이 있으므로 격을 파악함으로써 사주가 나아가고자 하는 방향을 찾아 적합한 목표설정이 가능해진다. 격에 순응하는 삶의 과정을 밟으면 태초에 부여된 소질과 역량을 충분히 발휘할 수 있으므로 비교적 이상적인 삶이 가능하다.

(예) 식상생재격 : 사업가
관인상생격 : 관료, 학자

사주 분석의 방법에 있어서는 몇 가지 주된 이론이 있는데 그 중에 기세를 중요시하는 억부론이나 사주의 한난조습을 중시하는 조후론, 사주가 지향하는 목표와 특성을 나타내는 격국론이 주류를 이루고 있다. 격을 이루었다고 함은 일정한 품격을 갖추었다는 의미로 짜임새와 틀이 정해진 것이다. 사주에서 격을 파악하고 분석하는 이유는 다른 어떤 이론보다도 사주명식의 성향과 자질을 명료하게 파악할 수 있으며 운에 따른 사주의 움직임을 살펴 전반적으로 사주가 지향하는 목표에 성공적으로 다다를 수 있는가를 알아볼 수 있기 때문이다.

사주의 격과 국은 사주 그릇의 크기와 부귀빈천을 판단할 수 있는 가장 기본적인 틀이다. 사주의 격국을 제대로 파악하지 않고 단지 기세론적인 신약신강에 치우치거나 기타 방법으로 용신을 찾아 사주를 분석하다 보면 올바른 통변이 나오지 않는 경우가 종종 발생하게 된다. 그러나 마땅히 격을 찾을 수 없을 때도 있으므로 일정한 격이 갖추어지지 않은 경우에는 다른 분석방법을 적용하여야 한다.

격국의 용신에 대한 이해에 있어 기세론적인 용어나 관법과 혼동하기도 하는데 격의 용신은 일간을 위주로 판단하는 것이 아니므로 일간이 아닌 격을 쓸모 있게 만들어주는 오행이며 기세론적으로 판단한 일간을 억부하는 용신이 아님에 유의해야 한다. 격과 운을 파악함으로써 사주에 나타난 사회적 활동성의 성패를 알아낼 수 있는데 격은 있으나 용신이 미약하거나 없는 경우 또는 사주의 강약이 지나쳐도 운의 성패를 장악하는 힘이 부족하기 때문에 일간의 뜻대로 사주를 이끌어 나가지 못하므로 경제활동이나 가정문제 등에 있어 고난이 따르게 된다.

억부에서는 사주의 강약으로 용신을 찾지만 격용신은 격국이 성립이 안 되면 찾을 수 없다. 격국도 사주를 대표하는 오행을 찾아내기 위한 수단인데 억부이론과 함께 사주의 활동성을 판단해야 한다.

격을 정하는 원칙은 월지를 중심으로 하는데 마땅히 격을 정할 수 없거나 두 가지 성향이 함께 나타나기도 하므로 너무 혼란스러워할 필요 없다. 사주의 중심세력으로 격을 판단하기도 한다. (다음 분류는 일반

적인 방법으로, 참고하면 좋다)

- 월지의 지장간에 있는 정기가 천간에 나타나면 일간에 대비한 육신명칭으로 격을 정함.
- 월지의 본기가 투출하지 않고 중기나 여기가 천간에 투출된 경우에는 투출된 것으로 육신 명칭으로 격을 정함.
- 정기, 중기, 여기가 천간에 투출되지 않은 경우 월지의 정기를 격으로 정함.
- 사주 내 합국이 되었거나 세력이 강한 오행을 격으로 정함.

● 성격의 조건
- 월지장간의 정기투간
- 월지장간의 초기투간
            중기투간
- 자오묘유 월은 자체적으로 격 인정
- 간지가 동일한 오행
- 지지의 삼합
- 자오묘유에 통근한 천간

격국은 사주의 상황 및 운에 따라 여러 개로 나타날 수도 있고 변경되기도 한다. 격을 표시하거나 분류하는 방법이 매우 다양하고 복잡하여 열거되는 모든 내용을 모조리 암기하는 것은 큰 의미가 없다. 단지 격을 판단하는 것은 올바른 용신을 정하고 정확한 사주 분석을 위한 기본적인 절차의 하나이므로 판단시 어느 한 부분에 치우칠 것이 아니라 사주 상황을 잘 살펴 합충관계, 변격 여부 등을 유심히 보아야 한다.

  격을 분류하는 방법이나 이론은 다양하므로 본서에서는 기본적으로 참고만 하고 심화된 학습은 별도로 하시기 바란다.

12. 용신

● ● ◑ ◐ ○

　사주 분석에 있어 가장 중요한 일은 용신을 찾아내는 것이다. 용신은 사주팔자의 조화를 위해 가장 중요한 역할을 하는 오행이고, 사주체인 일주(일간)에게 가장 우선적으로 필요한 것이다. 예를 들어 일주가 너무 강하면 이를 극제하거나 설기하는 역할을 하는 것이며 너무 약하다면 이를 시급히 생조할 수 있는 오행인 것이다.

　이러한 용신이 팔자 내에서의 힘의 위상과 배치된 위치, 또한 어느 육신인가 등에 따라 사주체의 길흉화복과 성패가 결정된다. 용신이 힘이 있는가 없는가는 매우 중요한 문제이며 사주체에 변변한 용신이 없다면 고단한 인생이 될 것임은 분명하다.

　용신에 대하여는 체와 용의 구분과 정의 등을 명쾌하게 이해하고 있어야 하는데 사실상 여러 다른 개념의 의미로도 사용된 바 있어 한마디로 용신을 정의 내리기는 쉽지 않다. 하지만 용신이 사주팔자에서 가장 중요한 역할을 수행하는 오행이며 육신이라는 점에는 이의가 없다.

　사주팔자에서 용신이 뚜렷하고 제 역할을 하면 매사에 능력을 발휘하며 주도적인 삶을 살아가지만 사주팔자 내에 마땅한 용신이 없거나 용신이 있어도 합이 되거나 형충파해를 당해 제 역할을 하지 못하면 일생의 어려움과 고초를 겪는 경우가 많다.

용신을 찾을 때 주의할 점은 사주의 강약에 치우친 관법에서 벗어나야 한다는 것이다. 일간 위주로 용신을 파악하다 보면 사주 분석시에도 억부론에 치우친 용신만을 찾으려고 하는 경향이 생긴다.

용신 취용방법은 기세론적 관점만으로 찾아서는 안 되며 격국론이나 조후론 등도 함께 참고하여야 한다. 예를 들어 격국 이론의 관법에 따라 사주를 분석하는 경우에는 일간이 필요로 하는 오행이 아닌 사주의 격을 성격시켜 주는 격국 용신과 상신을 우선적으로 찾아야 하지만 사주가 지나치게 한랭하거나 조열할 때는 기후를 조절해주는 조후 용신을 파악해야 하며 사주가 원국 내에서 극명하게 대립하거나 상전하고 있을 때 상호관계를 서로 소통시켜 상생할 수 있도록 도와주는 통관 용신을 찾고, 기타 상황에서는 병약 용신이나 전왕 용신 등 여러 가지 용신 취용법이 있다. 조후적 관법을 통하여서는 사주 주인공의 성패의 시기나 결혼, 배우자와의 관계 등 사주의 활동성을 판단하는 데 유용하므로 잘 참고하여야 한다.

용신 취용 우선순위에 대해서는 명리학이 아직 발전과정에 있는 단계이므로 지속적으로 논란이 있어 왔다. 용신을 정하는 법이라 하여 세간에 기술된 내용에는 학자들마다 의견이 다른데 중요한 점은 아직까지 완벽하게 존재하는 하나의 논리적인 명리이론은 없으며 또한 사주 분석에 있어서도 한 가지 이론만으로 완벽하게 개인의 운명을 분석할 수는 없다는 것이다.

그리고 각각의 명리 이론상에 존재하는 논리들은 각각의 매우 훌륭한 장점을 가지고 있을지라도 변화무쌍한 인간사를 다 담을 수 없는 공식의 한계 또한 가지고 있으므로 사주 분석시에는 몇 가지 관법체계를 통하여 종합적으로 판단하여야 한다.

중요한 점은 선학들이 이루어 놓으신 주요 관법들을 두루 통하지 않고서는 정확하게 사주 분석을 하는 게 불가능하다는 것이다. 또한 학자들마다의 의견이 중중하여 용신은 하나 밖에 없으며 한 번 정하면 변할 수 없다든지, 반드시 사주팔자 내에서만 찾아야 한다든지 등을 말하는 경우가 있는데 이는 편협된 관점에서 바라본 것이다. 격국 이론도 참고하여 보아야 하며 사주팔자 내에서 용신이 보이지 않는 경우도 있으므로 한두 가지 이론에 집착하지 말고 여러 이론을 통해 신중히 접근하는 것이 바람직해 보인다.

위의 서로 다른 이론들은 상호 보완적 관계를 갖고 있으므로 주요 명리 이론을 숙지하고 실증적 경험으로 사주 분석에 통할 수 있다면 위의 모든 내용들이 어떤 개별 분석법 위주로 분석되기 보다는 한꺼번에 보이게 될 것이다.

● 용신의 종류

- **일주 용신** : 억강부약법에 의한 것으로, 일주의 강약에 따라 설상 방조하는 육신으로 용신을 정한다.
- **육신 용신** : 필요한 육신은 부조하고 불필요한 육신은 극제와 설상 하는 육신으로 용신을 정한다.

• 행운 용신 : 사주팔자 내에 필요로 하는 용신이 없거나 쇠약한 용
　　　　　　신이 운에서 생조를 받아 힘을 얻거나 팔자에 없는 용
　　　　　　신을 운에서 만나 사용하는 것이다.

◉ 용신을 구하는 기준

1. 억부법(抑扶法)

강한 것은 억제하고 약한 것은 생조한다는 사주 용신법으로 가장 보편적으로 많이 쓰이는 방법이다. 억제의 방법에는 극제하는 방법과 설기하여 힘을 빼는 방법이 있으며 부조의 방법에는 생조하는 법과 방부하는 법이 있다.

2. 병약법(病弱法)

사주에 병이 있을 때 약이 되는 것이 용신으로 쓰이는 방법이다. 즉 사주에 긴히 필요하게 쓰일 오행을 극제하여 못쓰게 하는 것이 병인데 그 병을 극하여 다스리는 오행을 용신으로 쓴다.

3. 조후법(調候法)

사주팔자의 한난조습의 조화가 과도하게 불균형할 경우 억부법이나 병약법 등에 우선하여 조후를 용신으로 사용하는 방법이다. 즉, 지나치게 한습하면 난조로 조화하고 반대로 심히 난조하면 한습지기로 조화시키는 오행을 용신으로 쓴다.

4. 전왕법(專旺法)

종격이나 화격 사주에 쓰이는 용신법으로 사주팔자가 일방으로 심히 편중되어 기세가 왕강하여 억부로는 제어하기 어려울 때 대세를 거스르지 못하므로 기세에 따르는 오행을 용신으로 사용하는 방법이다.

5. 통관법(通關法)

사주팔자에 두 오행의 세력이 비등하게 극하면서 대립할 때 양 세력을 소통시켜 주는 용신법을 말한다.

이상의 용신법은 전왕법을 제외하고는 모두 억강부약의 범주에 드는 것이며 전왕법은 '종중거과(從衆去寡)'에 순응기세(順應氣勢)'의 원리다.

13. 사주의 강약

● ● ◐ ○ ○

    사주 분석시 가장 기본적이면서도 매우 어려운 부분은 사주의 강약을 분석하는 일이다. 사주의 강약을 정확히 분석할 수 있다면 이미 사주 분석의 반 이상은 완성되었다고 보아도 과언이 아니다.

    명리 삼대보서 중의 하나인 《적천수》를 저술한 선학께서 그의 시에 '능지쇠왕지진기 기어삼명지오 사과반의요 기식중화지정리 이어오행지묘 유능전언'이라 노래했다. 즉 '일주의 왕성함과 쇠약함을 판단할 수 있는 진실한 기틀을 알아냈다면 삼명(受命, 遭命, 隨命)의 오묘함을 반이상 터득한 것이요, 사주의 기운에 치우침이 없다는 올바른 이치를 알아냈다면 오행의 흐름의 오묘함을 완전히 깨달았다 할 수 있다'는 뜻이다. 그만큼 사주의 강약과 중화의 판단은 어렵고도 어렵다.

    사주의 강약을 쉽게 판별할 수 있는 경우도 있지만 오행의 생극제화나 합충의 변화로 인해 강약을 파악하기 매우 까다로운 경우가 많다. 사주의 강약을 제대로 판단하지 못하면 나머지 분석에 절대적인 오류를 범하게 되어 예측이 더 이상 무의미해지므로 매우 주의하여야 할 부분이다.

사주 강약의 판단은 정확한 이론에 입각하여 설명되어야 하므로 어떠한 느낌이나 고수의 감이 아닌 일정한 공식을 통하여 판단하는 것이 바람직한데, 명심할 점은 공식에 사주팔자의 모든 것을 다 담을 수 없다는 것이다. 그러나 공식을 통하여 들여다보지 않으면 사주 분석의 타당성과 객관성을 잃어버리므로 우선적으로는 공식논리에 입각하여 판단하여야 한다. 단, 사주 분석을 하는데 있어 강약을 통해 판단하는 것만이 유일한 방법이 아니며 강약은 기세론에서 중시하는 이론이며 강약 판단 이외의 다양한 사주 분석 방법도 참고하여야 한다. 다른 분석 방법도 궁극적으로는 일간의 강약을 통한 사주 장악능력을 보는 것이므로 사주의 강약은 여러 관법체계의 공통적인 사주 분석 분야이다. 분명한 것은 사주가 강한 게 좋고 약한 게 나쁜 것은 아니라는 점이다.

현대 명리학의 근간인 자평학은 일간 중심으로 사주를 분석하고 강약을 판단하는데, 일간이 강하면 신강한 사주라고 한다. 대체적으로 능동적이고 추진력 있게 살아가는 경향이 있는 반면 일간이 약하면 신약한 사주가 되어 경쟁력이 떨어져 목표한 결과를 잘 얻지 못하는 경향이 있다. 사주가 강하다는 것은 사주 내 오행 중 일주를 도와주는 것이 많다는 것이며 사주가 약하다는 것은 사주 내 오행의 글자 중 일주를 극하거나 설하여 기운을 빼앗아가는 게 많은 것이다. 일주가 너무 강하게 구성되면 파재, 극처, 재난 등이 끊이지 않고 반대로 너무 약하면 빈천하거나 병고에 시달릴 수 있다.

일주는 나의 주체가 되는 것이므로 가급적이면 약한 것보다는 강한 편이 낫다. 일주가 강할 때 주체성을 가지고 추진력을 발휘하여 성취도를 높일 수 있는 반면 일주가 약하면 의지가 무력하므로 매사의 성취

의욕 또한 감소되며 소극적이 된다. 예를 들어 일주가 강하면서 재가 있으면 그 재를 취하여 부자가 되지만 일주가 약한 경우 사주에 아무리 재가 많아도 취할 수 없는 '재다신약' 사주가 된다. 사회성이나 직업을 나타내는 관을 취함에 있어서도 마찬가지다.

신강신약은 보통 다음의 세 가지 방법으로 판단한다.

- 득령과 실령
- 득지와 실지
- 득세와 실세

1. 득령

사주의 강약은 사주 내 여덟 글자의 생극제화와 합충 변화의 모든 상호관계를 살펴서 판단한다. 명리학은 절기학이라고도 부르는데, 사주 내 일간을 제외한 일곱 글자 중 사주의 강약에 가장 큰 영향을 주는 것은 태어난 달, 즉 월지이다.(월령, 제강이라고도 한다) 월령은 사주를 끌어가는 핵심이며 주체인데 월지가 일간과 같은 오행이거나 도와주는 오행인 경우 월령을 얻었다 하여 득령이라 하며 얻지 못하면 실령이라고 한다.

일간	오행	득령월지
갑 을	목	인, 묘, 해, 자
병 정	화	사, 오, 인, 묘
무 기	토	진, 술, 축, 미, 사, 오
경 신	금	신, 유, 진, 술, 축, 미
임 계	수	해, 자, 신, 유

2. 득지

득지란 일간이 앉은 자리인 일지에 통근 여부를 말하며 같은 오행이거나 도와주는 오행이 있으면 득지라고 하며 극하거나 설하는 오행이있으면 실지라고 하는데 월령 다음으로 영향력이 있다.

일간	오행	득 지
갑을	목	인, 묘, 진, 해, 미
병정	화	사, 오, 미, 인, 술
무기	토	진, 술, 축, 미, 사, 오
경신	금	신, 유, 술, 사, 축
임계	수	해, 자, 축, 신, 진

3. 득세

득세란 월령이나 일지를 제외한 다른 간지에 일간과 같은 오행이 있거나 도와주는 오행이 있는 경우를 판단하는 것인데 득세에 있어서는 천간과 지지에서 생조하는 힘이 다르므로 단순히 천간 지지에 숫자가몇 개 분포되었는지 보다는 힘의 강약이 어떠한지를 반드시 살펴보아야 한다.

신강신약의 판단은 절대로 쉽지 않으니 판별에 주의를 요하는데 기본적으로 오행의 작용력의 강약을 연월일시로 구분하여 보고 천간 지지의 구성으로 보아 지지에 뿌리가 있는지 천간에 투출했는지와 합의 영향력 등을 자세히 살펴 판단해야 한다.

　자평학적인 사주 분석에서는 사주를 이끌고 나가고 중요한 역할을 수행하는 오행을 용신이라고 하는데 용신은 사주의 주체이자 나가야 할 마음이고 방향이며 성패와 길흉의 지표이다. 그 용신을 찾기 위해서는 우선적으로 사주의 강약을 알아야 할 것이다.

　정확한 강약의 분석시 자칫 오류가 발생할 수 있으므로 여기서는 월령과 일지를 중심으로 한 강약 판단의 기준을 설명하기로 한다.

- 월령이 일주와 같은 오행이거나 생해주는 오행이면 사주가 강할 가능성이 높다.
- 여기에 일지가 일주와 같은 오행이거나 생해주는 오행이면 더욱 강해진다.
- 실령(월령을 얻지 못함)하였어도 득지하고 나머지 천간 지지의 오행이 반 이상이면 강할 가능성이 높다.
- 실지(득지하지 못함)하였더라도 월령을 얻고 나머지 천간 지지의 오행이 반 이상이면 강할 가능성이 높다.
- 실령(월령을 얻지 못함)과 실지(득지하지 못함)하면 사주가 강할 가능성은 거의 없다.

　사주의 강약을 판별하는 이론이 학자들마다 다르고, 명리학 발달과정에서도 일관성 있는 명확한 지식체계의 전달이 없었다는 점을 유념해야 한다. 더욱이 아직까지도 명리학이 대중의 지지를 받지 못하고 하나의 완전한 명리체계로 정립되지 못하는 이러한 문제들은 실로 명리학 발전에 가장 큰 걸림돌이 되고 있다.

현대의 중국 명리학자 몇 분께서 고전의 내용을 알기 쉽게 재조명하여 스스로의 이론으로 정립시킨 내용들을 위주로 대부분의 많은 후학들이 학습하고 있다. 그분들의 이론체계가 대단한 학문적 성과임에는 틀림이 없지만 고전 원문의 의미에 일치하지 못하거나 일부 왜곡된 부분들도 있음을 부정할 수 없으며 명리학의 어느 한 이론체계를 교본으로 수용하기에 아직 시기적으로나 학문적으로 명확하게 완성되지 않은 점을 반드시 인지하여야 한다. 어떤 이론을 택하여 학습하였든 간에 내 이론만이 옳다고 함부로 주장하는 일은 스스로의 시야를 좁히고 품격을 떨어뜨리는 일이 될 것이다.

14. 내 사주팔자 풀어보기

●　●　◑　◐　◔　○

　조치훈이라는 재일교포 프로 바둑기사가 있다. 천재 바둑기사로써 일찍이 어렸을 때부터 일본에 건너가 고수들로부터 사사하며 거목으로 성장했고, 드디어 때를 얻자 전성기를 구가하여 그야말로 속세에서는 적수가 없다고 할 정도로 승률이 높아 바둑의 위상을 한 단계 올려놓았는데 사람들이 과연 조치훈이 신과 한 수 겨룬다면 어떻게 될까 궁금해할 정도였다. 한 기자가 "신과 바둑을 두게 된다면 누가 이기겠는지" 묻자 조치훈은 이렇게 답했다고 한다.

　"신과의 대국에서는 3점은 깔고 두어야 할 것 같다."

　여기서 신에게 3점을 깔아야 한다는 의미는 아무리 속세에 적수가 없더라도 신과 겨룬다면 3점 접바둑을 두어야 할 정도로 자신을 겸허히 평가했다는 것이지만 역설적으로 말하면 3점을 깔고 둔다면 신과 싸워도 이길 자신이 있다는 의미이다. (바둑을 즐기는 분들은 잘 아시겠지만 초고수들 사이에서 3점 접바둑의 의미는 실로 대단한 것이다)

　명리학에서도 마찬가지일 것이다. 속세에서 아무리 사주를 잘 풀어낸다고 하더라도 그 복잡한 인간사 세상살이를 어떻게 다 예측할 수 있을까마는 그렇더라도 올바른 마음자세로 수련에 게을리하지 않고 정진하여 사주 분석 방법에 정통한다면 사주의 신들이 풀어냈던 방법에 근접할 수 있지 않을까 생각한다.

선학 한 분께서 사주를 푸는 방법을 시로 이렇게 노래했다.

인간이 만들어지고 부귀의 기틀이 정해지는 것은 천지인의 세 가지 법칙이 합해져 사용됨으로써 이루어지는 것이며 자연의 섭리에 따른 것이다. 부귀의 흐름이 막히느냐 통하느냐는 운의 흐름이 마땅한지 아닌지를 보아야 한다. 그러므로 후학들은 천지인 삼원의 올바른 이치를 궁구하여 그 진가와 희기를 살피고 알아내어야 한다. 사주의 충과 합이 일주에 좋게 작용하는지 아닌지와 운의 흐름이 마땅한지 아닌지를 논하면 틀림이 없다. 또한 사주풀이의 기본적인 법칙은 비록 말로 전할 수 있더라도 사람이 얼마나 이 원리를 깨우쳤는가에 따라 적용할 때의 미묘함이 있으니 마음으로 깨달아야 한다.

그 방법은 다음과 같다.

1. 먼저 월령을 살펴보아 격국을 정하고
2. 월령의 지장간 중 당령한 신을 살펴 용신이 되는가를 보고
3. 마지막으로 월령의 지장간 중 당령한 신이 천간에 투출하여 격과 용신을 도와주는가를 살펴보아야 한다.

이와 같이 원칙은 매우 간단해 보이지만 위에 언급되었듯이 명리공부가 완성된 후에 그 이치를 마음으로 깨닫기 전에는 이 내용만 가지고 실제 사주를 판단하기 매우 어려운 부분이 많으므로 경험삼아 다음의

절차에 따라 본인의 사주를 풀어보기 바란다.

한 개인의 사주를 정확하게 풀어낸다는 것은 하루아침에 될 수 있는 일이 아니다. 하지만 자신의 살아온 과거와 성향은 자신이 잘 알고 있으므로 사주풀이 원칙만 잘 알고 있으면 여유로운 시간을 가지고 명리 원리에 대입해가며 본인의 사주를 추론해볼 수 있을 것이다. 단, 본인 사주풀이를 통해서 어떤 중요한 결정에 사용하기에는 아직은 초보단계일 것이므로 연습삼아 성패의 시기와 길흉, 가족, 인간관계 등의 사주를 확인하는 정도로 하고, 정확히 알고 싶다면 전문가와 상의하거나 시중에 나와 있는 좋은 명리서들을 공부하고 나서 제대로 확인해볼 것을 권한다.

1. 정확한 사주일시 확인 (어플 및 만세력 사용 가능)
2. 사주의 특징 분석 (오행의 구비가 잘 되어 있는지 여부 및 오행의 강약과 허실 및 격국, 조후 분석)
3. 편중되거나 태과한 오행(육신), 없는 오행(육신) 및 그 육신에 의해 극을 받는 상대 오행(육신) 분석
4. 신살 분석
5. 다가오는 대운과 세운의 영향 분석
6. 나의 사주팔자의 강약점을 통한 발복시기를 알아보고 부족한 사주와 운의 개선방법

《적천수》에 보면 '일주의 쇠왕을 자세히 살펴보고 태어난 절기와 시간의 깊고 얕음을 잘 헤아려 사주의 용신을 찾아낸 후, 이에 따라 그 사

람의 길흉을 논한다면 그 결과는 정확하게 맞을 것이다' 라고 되어 있는 바, 정확한 일시를 가지고 사주와 운을 뽑는 것이 가장 중요하다.

천간은 천간끼리 지지는 지지끼리 비교 분석하고, 천간 지지의 통근과 투간 여부를 파악하고 육신의 특성을 분석한다. 사주는 지극히 개인적인 운을 파악하는 것으로 태생지의 요건, 국가의 운을 벗어날 수 없으며 국내 상황에서만 보더라도 똑같은 사주라도 북한사회에서 태어나면 개인의 운은 많이 달라질 수밖에 없다.

1. 정확한 사주일시와 운로를 확인한다

띠, 연도, 윤달, 서머타임, 태생지 등을 정확히 파악하여야 하고 절입 여부를 철저히 확인해야 한다. 사주풀이에 있어서는 월주가 매우 중요하며 시대적으로 사용되었던 표준시와 진시 등을 파악하여야 한다.

2. 사주의 특징 분석 (오행의 구비가 잘 되어 있는지 여부 및 오행의 강약과 허실 및 격국, 조후 분석)

사주 분석시 흔히 범하는 오류인데 신약신강 판단에 치중한 나머지 전체적인 사주의 정신과 마음을 놓쳐서는 안 된다. 신약신강의 판단은 용신 분석에 있어 매우 중요한 요소임에 틀림이 없으나 억부법만이 사주 분석의 전부가 아님을 잊어서는 안 된다.

일간의 특성과 필요한 것이 무엇인지를 이해하고 위에 설명한 대로 부족하거나 없는 오행, 태과한 오행 등을 중점적으로 살피고 특성과 역할을 우선적으로 분석하여야 한다.

오행의 인자 분석을 통해 사주의 한난조습과 계통별 특성, 생왕묘 등 오행의 대세와 세력을 판단한다. 우선적으로 월지를 중심으로 판단하는데 월지는 사주의 중심이며 매우 중요한 역할과 작용을 한다. 예를 들어 월지를 중심으로 방국이 형성되는 등 힘의 강성함과 세력이 보인다면 해당 사주의 정신을 파악할 수 있고 사주가 나아가고자 하는 방향을 알 수 있다. 또한 지지가 삼합으로 구성된 사주는 목적성과 사회성이 뚜렷하므로 삼합의 육신 구성에 따라 해당 의지와 활동성을 읽을 수 있고 성패는 운과 함께 판단하면 용이하다. 사주에 화기오행이 있다면 화기가 어떤 육신으로 나타나는가를 판단하되 화기오행은 정신성을 나타내므로 세력에 중점을 두고 판단하여서는 안 된다.

사주 분석에 있어 격국을 판단하고 신약신강을 검토하는 것은 사주 분석 방법을 세밀화하려는 것이므로 사주의 강약이나 격국에만 집중하다 보면 숲을 보지 못하고 나무만 보는 결과를 초래할 수 있으므로 전체적인 파악에 신경써야 한다.

사주의 어떤 오행이 대세인지와 그 세력을 보아야 하며 만약 세력이 강하다면 결코 버릴 수 없고 그 방향으로 이끌려가게 되며 그 오행은 사주의 일정한 역할을 하게 되므로 그 안에서 변화를 찾아야 한다.

(참고: 천간의 변화는 합과 청탁 등을 위주로 판단하며 별격인 경우 조후를 보지 않는다. 종격의 경우 진종인 경우 거슬리는 운을 만나도 큰 문제가 없이 무탈할 수 있지만 가종이면 나쁜 운에 고초를 겪는 경우가 많다. 충의 경우에는 가장 안 좋은 것은 일지의 천극지충으로 일, 월, 시 순으로 영향이 있다)

사주 분석에 있어 일간을 비롯한 나머지 글자들의 다른 간지와의 관계는 매우 복잡하므로 사주의 마음을 파악하기 위해서는 오행의 힘의 균형은 어떠한지, 천간의 오행은 지지에 통근했는지, 지지의 오행은 천간에 투출했는지 등을 살펴야 한다. 만약 천간이 지지에 통근했다면 연월일시 중 어느 지지에 통근했는지, 통근한 지지는 생지, 왕지, 묘지 중 어디에 해당하는지 등을 파악하여 오행의 쇠왕 여부를 파악해야 한다.

일간의 강약이나 천간의 통근도 중요하지만 지지의 오행 또한 투간된 지지와 투간되지 않은 지지의 차이점을 잘 살펴서 사주 전체를 분석하여야 한다.

정확한 통변을 위해서는 물상론적인 천간과 지지의 관계도 잘 살펴보아야 하는데 예를 들어, 식신이 일간의 수기를 유통하는 역할을 한다면 같은 식신이라도 을목의 오화 식신이나 경금의 해수 식신이 수행하는 역할과 능력이 다르듯이 단순한 육신의 역할만 판단하기 보다는 물상론적인 세밀한 분석이 필요하다.

12운성으로 판단한 천간과 지지의 관계를 통해서도 오행의 생극제화에 더해진 별개의 해석이 가능해지기도 하는데 사주 분석의 정확성을 높이는 방법이 될 수 있다. 지지에서도 일지와 월지, 일지와 연지, 일지와 시지 등의 연관성을 살펴 분석하여야 한다.

오행의 생극제화를 벗어난 사주 분석에 있어서는 고서에서도 부정적인 견해를 보이는 부분이 있으나 12신살로도 천간의 활동성과 처한 환경, 정신 상태를 볼 수 있으므로 사주 분석시에 참고하여 보면 될 것이다. 지지오행의 변화는 매우 복잡하므로 오행의 생극제화에 더하여 합형충파해 등도 잘 살펴 분석하는 것이 좋다.

사주의 격국을 판단하는 것도 필요한데 격국 용신을 파악하고 분석하는 것은 사주의 사회적 활동성을 파악하여 학업, 진로, 직업 등을 살펴보는 것인데 억부 용신과는 별도로 사회성을 판단해보는 것이다.

격국을 정하는 방법은 월지 중심으로 투간된 육신으로 정격하는데 순용과 역용의 방법으로 용신을 파악한다. 격국 용신은 일간이 아닌 격을 쓸모있게 키우는 용도로 사용되며 격과 그릇의 크기와 명의 고저와 청탁 여부에 따라 성패가 결정되는데 격이 뚜렷하고 용신이 반듯하면 당당하게 사회활동을 하게 되며 해당분야에서 성공한다. 격을 파악할 때는 제대로 성격이 되었는지 파격의 요소가 있어 파격이 되었는지를 살펴야 한다. 파격일 경우에는 파격의 요소와 정도에 따라 금이 간건지 완전히 깨진 건지를 분간하여야 한다. 격이라 함은 사주가 일정한 기준을 갖춘 것을 말하는데 격이 불분명하여 찾을 수 없을 때에는 주로 억부용신법으로 용신을 찾기도 한다. 식, 재, 관 등 사주의 주도권을 잡은 육신 위주로 파악한다. 주의할 점은 신약신강으로만 용신을 찾아서는 안 되고 식상생재, 관인상생 등 사주의 흐름을 파악하여야 한다. 이 경우에는 용희신은 사주를 안정적으로 이끌어갈 어떠한 육신이 필요한지를 파악하되 운을 먼저 생각하지 말고 우선적으로 사주팔자 자체에서 찾아야 한다.

3. 편중되거나 태과한 오행(육신), 없는 오행(육신) 및 그 육신에 의해 극을 받는 상대 오행(육신) 분석

정확한 사주 분석을 위해서는 육신과 육신과의 관계 및 특성을 파악하여 편중되거나 태과한 육신에 의해 영향을 받는 상대적 육신의 활동성을 예측해볼 수 있다.예를 들어 재성이 태과하다면 이에 영향을 받는 인성의 제한적일 수밖에 없는 활동성을 예측하여 사주의 성격, 직업 적성 등을 파악할 수 있다. 특히 흉신으로 불리는 육신인 살상효인은 상대육신이 있는가에 따라 활동성과 역할이 달라진다. 상대육신이 있다면 기어코 파괴하려는 성향을 갖고 있다.

오행의 육신은 위치한 연월일시에 따라 역할과 작용력이 다른데 세력을 가진 육신이거나 없는 육신은 그 영향력에서 벗어날 수 없다.

부족한 오행, 태과한 오행, 합, 충, 형, 파, 신살, 원진, 공망, 12운성 등을 보아야 하는데 오행은 사주의 기운이며 정신이므로, 부족하거나 없는 오행을 중점적으로 보아야 한다.

오행이 부족하거나 없다면 전생부터 인연이 부족하거나 없다고 보면 된다. (물론 절대적인 것은 아니다) 그것은 끊임없는 인생의 화두이며 채우려는 특성이고 끝없는 미련이고 갈망이며 가치관과 기준이 부족한 것으로, 논리적 결함일 수 있다.

사회적 부적응의 단초이며 운명의 변수작용이고 제한적인 사용조건이며 지연과 지체를 동반하는 애로사항일 수 있다. 오행은 인체의 장부와도 연결되어 있다고 보는데 부족한 오행을 대표하는 장기가 허약하거나 제기능이 어려울 수 있다. 그러나 지장간에라도 있으면 제 역할을 하는 것으로 판단해도 좋으며 생조하는 오행이 있는가에 따라 다르다. (한의학적 관점에서 오운육기로 진단하는 방법과는 차이가 있다)

사주 원국에 없는 육신이 운에서 오면 없던 기능이 생기는 것과 같은데 없던 것이 생긴다고 무조건 좋은 것은 아니며 적응하는 과정에서 부작용이 함께 일어나는 경우도 많다.

예를 들어, 사업상 외국에 오래 떨어져 살던 아버지와 같이 살게 되면 처음에는 좋은 점이 많겠지만 시간이 지나면서 불편함과 원래 느끼지 못했던 의견 차이나 간섭에 의한 단점을 느낄 수 있는 것과 비슷하다. 주의할 점은 없는 것을 무조건 나쁘다고 볼 것만은 아니며 단점을 극복하면서 장점으로 승화시켜 오히려 더 좋아지는 경우가 있으므로 주의 깊게 살펴야 한다. 예를 들면 축구선수 메시나 수영선수 펠프스 같이 선천적으로 약점을 가진 사람이 건강회복과 신체를 강화시키기 위해 노력하다가 그 분야에서 최고가 되는 경우나 스티븐 호킹과 같은 대학자, 기타 예술가의 사례도 들 수 있다.

반대로 오행이 태과하거나 혼잡되어 있다면 전생부터 인연이 많다고 보는데 그것으로 인한 많은 변화가 예측되며 그 육신에 대한 가치관이 올바르게 정립되지 못할 수도 있다. 더불어 성향이 강해지다 보니 상대 육신에도 많은 영향을 미치게 된다.

사주팔자는 결코 벗어날 수 없는 것이므로 그 삶을 인정하고 그 안에서 아름다운 생을 만들어간다면 커다란 어려움 없이 안정적인 삶을 영위할 수 있을 것이다. 하지만 운명을 거부하는 삶은 그만큼 쉽지 않을 수 있다. 사주팔자에서 강촌이 주어진 생활환경이라면 그곳에 적합한 삶을 살아가는 것이 좋은데 그것을 거부하고 도시로 나오면 적응이 어려울 수도 있다.

오행의 배치가 주변의 간섭이나 방해를 받지 않고 역할이 분명하게 보이는 것은 분석하기 쉬우나 실제로 사주에는 존재하더라도 마치 없는 것처럼 무력한 오행도 있으니 그러한 것들은 오행이 공망이 되거나 합형충이 되어 본래의 역할과 기능을 제대로 할 수 없는 경우가 그렇다. 반대로 오행이 사주 내에 존재하지 않더라도 있는 것처럼 보아야 하는 것도 있으니 공협이 되거나 합화하여 변한 오행 등이 그러하다.

사주 분석에 있어 배치된 오행의 생극제화의 상태를 잘 분석하여 판단하여야 하지만 특히 가장 변화무쌍하면서도 천지기운의 움직임의 기틀이 되는 수와 화의 오행이 사주에 어떻게 분포되어 있는지와 온도와 습도를 보아 한난조습이 잘 이루어졌는지 등 조후의 상태도 판단해 보아야 한다.

4. 신살의 영향력을 파악한다

오행의 생극제화를 파악하는 것이 주가 되어야 하지만 이외에도 신살의 영향력도 파악해야 한다. 고려해야 할 대상이 너무 많으므로 중요한 신살 위주로 파악하되, 공망, 양인, 12운성, 원진, 형, 파, 해, 천을귀인, 역마, 도화, 문창성, 활인성, 삼재, 12신살 등의 상태 정도는 파악하도록 한다.

5. 대운과 세운의 영향을 파악한다

대운과 세운이 섞이면서 복잡한 운의 변화가 생기는데 초보자들이 파악하기에 어려운 점이 있으므로 대략적으로 지나간 대운과 다가오는 대운을 파악하고 사주 원국과 합충되는지 여부를 파악하되 대운 및 세운에서의 충하는 작용과 합하는 작용, 생하는 작용의 순으로 검토한다.

6. 사주의 취약점에 대한 해결책을 파악한다

사주 분석이 완료되면 그것으로 끝나는 것이 아니라 사주 분석을 통한 자신의 강약점을 알아내고 인생의 성패와 길흉에 긍정적 영향을 주는 방향으로 보완책과 해결책을 찾아낸다. 성공적인 삶을 살아갈 수 있도록 좋은 방향으로 개운할 수 있어야 한다.

인생을 좌우하는 것은 지혜가 아니라 운명이다.

― 시세로

부록

우리 생활 속 풍수

알아두면 좋은 풍수 상식
― 이런 지형이나 집은 피하라

1. 경사지
   토사붕괴나 집이 무너질
   위험이 있다.

2. 절개지
   벽이 무너질 위험이 있으며,
   정면의 바람과
   뒷면 벽에 부딪쳐
   돌아오는 바람을
   둘 다 맞는다.

3. 매립지
   쓰레기 더미 등을
   매립한 곳에
   집을 지으면
   터의 기운이 좋지 않다.

4. 돌출지
   사방에서 불어오는
   바람을 맞을 수 있다.

5. 고압전류 밑
   집 위로 고압전류가
   흐르면 건강과 재물 관련
   기운이 좋지 않다.

6. 큰 나무 옆
   각종 나뭇잎과 열매 등이
   집 위로 떨어질 수 있으며,
   나무뿌리가 집 아래쪽으로
   파고들어 지반이 흔들려
   기운이 나빠진다.

7. 막다른 골목집

골목에서 불어오는 바람을
맞게 되고
교통사고의 위험도 크다.

8. 큰 건물에 둘러쌓인 집

사면초가 형태로
답답하며
개인 사생활을
보호받을 수 없다.

9. 충살을 받는 집

주변에 뾰족한 모양의
모서리가 찌르고 있는 듯한
형세라면,
재물, 가족의 건강이
좋지 않을 수 있다.

10. 큰 건물 사이에 위치한 집

큰 건물의 기운에 눌리고
강풍, 돌풍 등의
풍살을 맞는다.

11. 반궁수 형태의 도로 바깥쪽 집

    반궁수 형태의
    도로 안쪽은 좋으나,
    바깥쪽은 풍살과 수살을
    맞는 것은 물론, 수해나
    교통사고의 확률도 높다.

12. 도로 밑에 위치하거나 도로가 삼각점으로 만나는 집
13. 대지의 형태가 흉한 집 (대지 함몰, 기형)
14. 지자기장 수치가 높은 터
15. 마당에 연못이 있는 터
16. 수맥이 지나는 터
17. 큰 도로 옆에 위치한 터
18. 하천, 호수가에 위치하여 안개가 자주끼는 터
19. 가까운 곳(약 200~500미터)에 무덤이 있는 터
20. 주변에 폐가 또는 짓다 만 건물이 있는 터
21. 담장이 기울거나 금이 간 터

당장 실천하면 좋은,
실내의 기운을 좋게 하는 인테리어

1. 현관은 기기 드나드는 곳이므로 항상 깨끗하게 관리하라.

2. 집안의 어둠침침한 곳은 조명으로 밝게 하여 운기를 살려라.

3. 책상을 출입문과 정면으로 보게 하지 마라.

4. 동물 박제는 기운을 탁하게 하므로 집안 내부에 두지 마라.

5. 현관과 대문을 일직선으로 두지 마라.

6. 복층에 계단을 중앙에 두지 마라.

7. 집안에 사람보다 큰 식물을 두지 마라.

8. 침실에 어항을 두지 마라.

9. 현관 정면에 거울을 두지 마라.

10. 금전운이 좋게 복단지 항아리를 안방에 두고 돈을 넣어두고 사용하라. 재물운을 향상시킨다.

11. 가족 수에 맞는 규모의 집을 사용하라. (너무 크거나 작은 집은 운기를 나쁘게 한다)

12. 집안에 장식이 너무 많으면 좋지 않다.

13. 화장실, 부엌은 배수가 잘 되게 하라.

14. 화장실은 흉 방위에 두라.

우리 생활 속 풍수

   엄밀히 말하면 명리학에서 발전된 풍수 이론과 풍수지리학에서 발전된 풍수 이론은 그 발달과정이 다르다. 여러 학설들이 섞이면서 논란이 생겨날 수밖에 없었고, 중국을 중심으로 한국, 일본, 동남아로의 학설 전파와 각국의 이론 도입과정에서 일부 변형이 생겼다. 물론 풍수라는 것이 각국의 문화와 지형지세를 중심으로 발달하다 보니 어쩔 수 없는 현상이지만 일본과 중국의 풍수 이론이 다르고 적용방법에도 차이가 있다.

   풍수지리는 명리학적 이론인 상생상극으로만 설명할 수 없으며, 또한 형세만 가지고 논하는 것도 바람직하지 않다. 제대로 된 풍수길지를 찾기 위해 원칙적으로는 형세이론과 이기이론을 같이 검토하는 형리겸찰이 되어야 한다.

   사실상 기의 흐름을 연구하여 생활에 적용한 실용풍수 이론과 풍수지리학의 원류는 차이가 있다. 기의 흐름을 연구하여 기록한 인테리어 풍수 이론은 정통 풍수 이론과 부딪치는 경향이 있다. 그러나 이는 학자들 간의 다툼일 뿐, 생활에 적용하고자 하는 일반 사람들은 납득이 가능한 이론을 받아들여 사용하면 된다. 뒤에서 잠시 설명할 '현공풍수'를 적용한 이기이론은 실제로 홍콩, 대만, 아시아 선진국에서도 사무실, 아파트 풍수 등에 많은 사람들이 사용하고 있다.

이 책을 접하는 독자들께서는 풍수지리의 기초를 알아가는 과정으로 이론적 견해의 차이는 있더라도, 논란의 여지가 적고 많은 사람들이 적용하고 있는 내용들을 참고하여, 기본적으로 알아두면 좋은 풍수기초에 대해서 공부하고 실생활에 적용하시기를 바란다.

● 집을 짓거나 구입할 때 알아두면 좋은 양택의 3대 요소

1. 배산임수 (背山臨水)

산을 등지고 물이 있는 쪽으로 향을 하라는 것이다. 실제 형상에서는 물이 없을 수도 있으니 낮은 곳이 향이면 된다. 원래의 의미는 산맥을 등지고 낮은 곳으로 향을 하라는 것이며, 이렇게 형세가 보국되면 흉기를 피할 수 있으며 올바른 정기를 받을 수 있다. 이때 향은 반드시 남쪽이 아니어도 된다.

2. 전저후고 (前低後高)

앞은 낮고 뒤가 높은 형상이어야 한다. 대개의 경우 배산임수 하게 되면 전저후고의 국세가 된다. 하지만 앞에 답답하게 큰 산이나 건물이 막고 있다든지 건축시에 주건물 앞에 부속건물을 높게 건축해서는 안 된다.

3. 전착후관 (前窄後寬)

출입구는 좁고 안으로 들어가면 넓은 형태의 안정감 있는 집의 형태이다. 실제로는 대문의 위치와 관련이 크다.

이 세 가지가 양택의 필수적인 기본이론이다. 양택 적합지로는 지세가 크고 넓은 것이 좋으며, 택지의 형태나 지질 등도 고려요소가 된다.

● 명당이란 어떤 땅인가

풍수지리는 인간의 타고난 명을 좋게 개선시키려는 개운의 철학을 담고 있다. 돈이 잘 벌리는 명당, 로또명당, 자손이 잘되는 명당, 명당 자리 등등 풍수지리를 전혀 몰라도 우리는 명당이란 말을 많이 듣고 자랐다.

실생활에 쓰이는 명당의 개념과 학문적 명당의 개념에는 다른 이해가 있을 수 있지만 어쨌든 명당은 '좋은 땅'이다.

풍수지리학에서 말하는 명당이란 좌청룡, 우백호가 잘 감싸주고 뒤에 든든한 배경의 주산이 있으며 앞으로는 적당하게 낮은 앞산인 안산이 포근하게 감싸준 혈 아래 넓게 위치한 평평한 땅을 말한다.

명당은 국세에 따라 크게는 외명당과 작게는 내명당으로도 함께 형성될 수 있다. 우리나라의 수도 서울의 경우 국세가 크고 훌륭한 외명당에 형성된 도시라 할 수 있다. 명당은 그 규모에 따라 군, 구, 동, 마을, 집 등으로 적절히 활용된다.

명당은 대대로 사람이 살아가면서 좋은 지기의 영향을 받아 재복과 인복이 향상되는 터이다. 당연히 명당은 주변의 국세와도 잘 어울리는 것이 좋다. 그러나 학문적으로만 명당을 찾다보면 주변의 형세와 반드시 좋게 일치할 수만은 없다. 즉 흉격의 명당도 생성될 수 있는 것이다.

선학들이 연구하신 명당의 요건을 잘 살펴보면 단지 주변 환경이 아름다운 곳만이 아니다. 아무리 경치가 좋고 바다가 잘 내려다 보이는 곳에 위치하여 적절히 바람이 불어와 상쾌한 곳이라도 명당이라 부르지 않는다. 왜냐하면 지속적으로 그런 환경에 거주하면 건강에 좋지 않기 때문이다. 잠시 머무는 휴양지로서는 괜찮지만 생활하는 것은 바람직하지 않다.

또한 명당은 자연재해로부터 가장 안전한 곳이어야 한다. 풍수에서 가장 중요하게 보는 혈이나 명당의 조건을 보면, 어떠한 자연재해로부터도 안전한 곳이라는 걸 알 수 있다. 즉, 산줄기를 타고 내려온 자락에 전후좌우로 사신사가 보호하며 바람의 영향이나 물의 범람, 토사의 붕괴 등으로부터 안전한 곳이다.

주거를 정하는데 있어 아무리 아름다운 장소이더라도 안전하지 않다면 무슨 소용인가?

우리 선조들은 이미 명당 선정에 있어 건강과 안전의 개념을 갖고 계셨던 것이다. 명당은 경치가 아름다운 곳이나 환상적인 곳이 아니고 어머니의 품과 같은 편안한 땅이다.

서양에서도 주거지를 정하거나 집을 지을 때에는 철저하게 자연재해로부터 안전한 곳을 찾는다. 건물, 집의 조건에 Health & safety 개념을 빼고는 생각할 수 없다. 집의 위치만이 아니라 심지어 층고나 계단 등 내부구조에도 안전의 개념을 매우 중시한다.

우리가 일반적으로 이해하는 명당과 학문적 개념의 명당이 조금 다를 수 있으나 거주의 안전과 이를 통한 운의 상승을 바라는 의미는 동서양이 크게 다르지 않다.

나에게 맞는 방위가 있다

방위적 개념에서 보면 출생년도에 따라 '동사명'인지 '서사명'인지 구분하여 자신에게 맞는 주택의 형태나 방향의 방을 사용하는 것이 좋다.

옛날에는 결혼할 때 방위적 길흉이 같으면 궁합이 좋다고 했는데, 부부의 길흉방위가 같을 경우 인테리어의 조화나 가구 배치 등 풍수적 관점에서 매우 효과적이다.

풍수가 인간에게 미치는 길흉에 대해 신뢰하느냐 마느냐는 개인적으로 판단할 문제이지만 풍수 이론이 동양을 중심으로 수천년간 명맥을 이어오고 있다는 점은 변하지 않는다. 이기 풍수에서 주로 다루는 방위의 길흉은 자리배치, 이사, 여행 등 다방면에서 사용되어 왔다. 명리학의 발달과정과 풍수학의 발달과정이 다른 점을 이해하고 두 학문을 상호 보완적 관계로 활용하면 좋을 것이다.

사람은 태어나면서부터 천기와 지기의 영향을 받는다. 인간이 삶을 영위하는데 있어 살고 있는 대지나 가택, 방위의 기운이 미치는 영향에 대하여 살펴보는데 '본명성'이 중요한 자료로 사용되어 왔다. 출생년도를 중심으로 방위의 길흉을 구분하는 '본명성(本命星)'에 대해 알아보기로 한다.

본명성 구하는 법은 일본의 가상학이나 구성학과 중국 풍수학이 다른데, 다음 방법은 중국 풍수학을 기반으로 한 것이다.

〈본명성 구하는 법〉

1. 기본값 : 태어난 해 숫자를 모두 더하여 9로 나눈 나머지.

    예) 1960년생은 1+9+6+0을 더해서 9로 나눈다.

    16÷9의 나머지 7이 기본값이다.

2. 남자 : 숫자 11에서 기본값 7을 뺀다.

    11−7=4 (1960년생 남자의 본명성은 4)

3. 여자 : 기본값 7에 4를 더한다.

    7+4=11 인데, 9보다 크므로 구진법으로 11에서 9를 뺀다.

    (1960년생 여자의 본명성은 2)

단, 본명성이 5가 나올 경우 남자는 자동적으로 본명성이 2가 되고,
여자는 자동적으로 본명성이 8이 된다.

동사명	감	진	손	리
	1	3	4	9
서사명	곤	건	태	간
	2	6	7	8

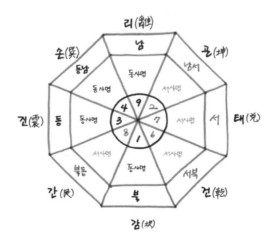

본명성에 따른 길흉 방위는 부와 명예를 가져오고 건강과 행복을 이 끄는 방향을 알려주는 방위학 비법 원리이다.

- 동사명 : 1, 3, 4, 9 그룹
- 서사명 : 2, 6, 7, 8 그룹

- 본명성이 5이면 남성은 2, 여성은 8이 된다.
- CEO는 재물손실 방향으로 좌석배치를 해서는 안 된다.

본명성	부(富)	명예	건강	사랑	재물손실	좋지않은 방위동	
1	남동	북	동	남	서남	서, 북동, 북서	동사명 그룹
3	남	동	북	남서	서	남서, 북서, 북동	
4	북	남동	남	동	북동	북서, 남서, 서	
9	동	남	남서	북	북서	북동, 서, 남서	
2	북동	남서	서	북서	북	동, 남동, 남	서사명 그룹
6	서	북서	북동	남서	남	남동, 동, 북	
7	북서	서	남서	북서	동	북, 남, 남동	
8	남서	북동	북서	서	남동	남, 북, 동	

* 5는 남성은 2, 여성은 8로 편집됨

CEO에게 좋은 책상위치와 앉는 방향

　CEO의 책상배치와 좌석의 방향은 좋고 나쁨에 따라 회사의 성패와 길흉에 직접적으로 영향을 주게 되므로 일반 직원들의 자리배치보다 매우 신중히 결정해야 한다.

　CEO의 좌석배치가 살을 맞는 방위이거나 재물손실과 관련된 방위라면 매우 좋지 않으며 이는 풍수적 관념을 갖고 있지 않거나 스스로 인지하지 못한 상태로 사무실 좌향이나 좌석을 사용하는 경우가 대부분이다. 이런 경우 회사의 명운에 대한 영향과 재물손실이나 직원들과의 부조화 또는 법적분쟁, 질병, 사업부진 등을 유발하는 원인이 될 수 있다. 가능하면 회사의 재무담당자나 전략팀, 운영관리팀 담당자의 자리배치도 동일한 방법으로 정하면 좋다.

우리 아이 공부가 잘되고 성장에 좋은 방향

　풍수적 관점에서 개인에게 맞는 좋은 방위의 기운은 집중력을 최대로 향상시키게 되므로 어떤 목표를 달성하는데 있어 매우 긍정적 역할을 할 수 있다. 특히 아이에게 맞는 좋은 방위에서는 집중력 향상은 물론 지식에 대한 욕구가 강해지고 즐겁게 공부할 수 있게 되므로 학습능률을 향상시킬 수 있고 대개의 경우 시험에서도 행운이 따른다.

본명성	공부와 성장발달에 좋은 방위
1	북
2	남서
3	동
4	남동
5	남서 (남) / 북동 (여)
6	북서
7	서
8	북동
9	남

각 개인마다 길흉의 방위가 다르므로 강의실처럼 지정된 공공장소가 아닌 가정이나 방향 선택이 가능한 장소에서는 개인에게 좋은 방향으로 책상을 배치하는 것이 좋다.

　대부분의 시간을 책상에서 보내는 학생들이나 직장인들의 경우 책상의 방향이 한번 정해지면 지속적으로 해당 방위의 영향을 받으면서 생활하게 되므로 개인에게 맞는 방향을 향하여 앉는 것이 좋다.

현공풍수와 성문결

　'현공풍수'의 이론이 언제 시작되었는지는 명확하지 않다. 다만 진(晉)나라 곽박(郭璞, 276~324)이 시조라고 알려져 있고, 당나라 양균송(楊筠松, 834~900) 선생이 현공풍수의 이론을 처음으로 정립하였다고 한다.

　현공풍수학은 사제지간에만 극비에 전수되어 왔다고 전해지는데 '비인부전'이라 사람을 가려서 전해져 왔다. 스승이 제자에게 조차 비법을 전수하기를 꺼린 기록들을 보면 그 비결을 얻기 위한 노력이 얼마나 눈물겨웠는지 알 수 있다. 우리가 이렇게 쉽게 그 비결을 배울 수 있음이 고마울 따름이다.

　현공풍수는 대만과 홍콩 등지에서 명맥이 유지되어 왔고 최근 삼원현공풍수 이론이 활성화되면서 홍콩에서 주로 유행하던 현공풍수학이 세계적으로 확산되고 있다.

　우리나라에서는 현공풍수에 대해 정보나 인식이 아직은 미약하며, 우리나라 정통 풍수사들은 현공풍수의 이론적 체계의 부족한 부분을 지적하여 그 가치를 폄하하는 경우도 많고, 삼합풍수 이론이 강하게 자리잡고 있어 현공풍수가 확산되기에는 시간이 필요할 듯 하나 현공 관련학계의 노력으로 점차 관심이 많아지는 추세에 있다.

　현공이란 낙서구궁의 원리에서 비롯되었는데, 이 원리는 삼원구운법의 이론적 기초가 된다. 현은 하늘이요 공은 땅을 뜻한다. 현공풍수는 1

운을 20년으로 하며(1원에는 3운이 들어 있다) 20년간을 주기로 지운이 바뀌며 방위에 따라 길흉이 달라진다고 본다.

《심씨현공학(沈氏玄空學)》을 보면 '현은 1이요 공은 9이니 1에서 9까지 그 사이에 3, 5와 같은 부정수가 뒤섞여 있다'고 하며, 낙서에는 아홉 개의 궁수가 있으므로 9운, 즉 1운에서 9운까지 합계 180년을 주기로 3원 9운으로 반복된다고 보았다.

현공풍수는 천지의 기운을 살피는 지리학으로, 음양택을 쓰게 되면서 발생되는 기운의 변화가 인간에 미치는 영향을 살피는 학문이다. 현공풍수는 같은 장소에서도 방위에 따라 시운도 달라지는 것으로 보고 길흉을 연구하는 학문이므로 잘 활용하면 어떤 장소에서든 지리적으로나 방위적으로 사람에게 유리하도록 수천 년간 비전되어온 학문이다.

산과 물은 우리 삶에서 떼어놓고 생각할 수 없을 만큼 인간의 생활과 밀접하게 관련되어 있다. 특히 우리나라는 천혜의 자연환경을 갖고 있다. 풍수를 이해하는 것은 내 삶의 일부를 알게 되는 것이다.

현공풍수는 시간과 공간의 개념을 함께 포함하고 있으며 시간의 변화에 따라 운도 변한다고 보아 지기와 천기를 함께 보고 길흉을 판단하는 이론이다.

풍수 이론을 잘 적용하면 개운의 효과를 볼 수 있는데 특히 현공풍수는 시간과 공간의 철학이므로 운과 더욱 밀접한 관계가 있다고 볼 수 있다. 모든 풍수 이론이 다 훌륭하지만 특히 현공풍수의 매력은 운명을 개선하는 지리철학으로 성명학, 수리학과 함께 대표적인 개운 방법 중의 하나다.

대부분의 풍수 이론은 음택 위주이지만 현공풍수는 양택에서 주로 사용되는 이론이므로 살아 있는 동안에 실질적 효과를 볼 수 있으며 홍콩 등지에서는 임상의 효과를 크게 확신하고 있다.

현공풍수는 운을 판단하는 시간의 철학을 지리공간의 철학에 접목시킨 이론으로 개운학의 대표적인 지리이론이라고 볼 수 있다.

현공풍수는 양택을 위주로 하므로 실질적 생활공간인 도시풍수에 적합하여 지형 분석시 실질적으로 산과 물이 존재하지 않는 경우에는 건물을 산으로 보며 도로를 물로 보고 판단하므로 어느 지형에서도 형세적 판단이 가능하다. 물과 도로는 재물을 나타내며 산과 건물은 인정(인간의 성패)을 나타낸다.

기본적으로 풍수 이론이란 자연과 함께 생활하는 데 있어 산과 물, 방위 등이 인간에 미치는 길흉을 따지는 일정한 법칙을 말한다.

풍수 이론에는 몇 가지가 있는데 대표적인 것으로 다음의 세 가지로 분류할 수 있다.

- 물형론 : 산세나 지형을 사물의 형상에 비교하여 좋은 기운이 생성된 곳을 찾아 음양택을 사용하는 방법이다.
- 형기론 : 물형론과 비슷하나 체계적으로 자연의 형세를 용, 혈, 사, 수 등으로 파악하는 방법이다.
- 이기론 : 음양오행의 법칙을 중심으로 형세를 보며 향, 용, 파 위주로 판단한다.

● 삼원현공풍수

총 3원을 9개의 운으로 나누어 시기적을 분류한 것이 삼원이다.

상원 1운 1864 - 1883
  2운 1884 - 1903
  3운 1904 - 1923

중원 4운 192 - 1943
  5운 1944 - 1963
  6운 1964 - 1983

하원 7운 1984 - 2003
  8운 -2004 - 2023 (하원 8운)
  9운 2024 - 2043

집을 짓거나 묘를 쓰고 얼마나 좋은 기운을 받을 수 있는지, 언제 발복하는지 등에 대한 궁금증은 누구나 갖고 있지만 구체적으로 발복의 시기와 기간을 정한 이론은 없다. 하지만 현공풍수는 지운 계산을 통해 지기의 생왕휴수를 알 수 있다. 지운계산법은 왕산왕향, 쌍성회좌, 상산하수는 같고 쌍성회향은 다른데, 자세한 내용을 설명하기 위해서는 너무 많은 부분을 할애하여 다루어야 하므로 본서에서는 이 정도로만 다루기로 한다.

● 성문결

성문결이란 현공풍수지리 이론의 중요 비결 중의 하나로, 사용하고
자 하는 건물이나 택지 등의 감정 결과 형국이 해당운과 일치하지 않아
출입문이나 카운터 등 중요시설을 배치 적용할 수 없을 때 운기가 드나
드는 출입문의 방향을 좋은 위치에 배치하여 해당 건물의 기운을 향상
시키는 방법을 알려주는 노하우이다.

현공풍수 형국은 4대국으로 형성되는데 합국이 되면 좋지만 그렇지
못할 경우 풍수를 통한 발복을 기대할 수 없다. 이럴 때 출입문을 잘 정
하여 개운을 통한 발복을 부르는 것이다. 음택의 경우 다른 곳을 찾아
쓰면 되지만 양택의 경우 그렇지 못한 상황이 발생하면 성문결의 비법
을 통하여 개운할 수 있다.

출입문은 기운이 드나드는 곳이므로 좋은 기운을 들어오고 나쁜 기
운은 빠져나가도록 하여야 좋다. 따라서 출입문은 사업의 성패, 건강,
등과 관련되어 있다. 이 또한 자세한 내용을 설명하기 위해서는 많은
부분을 할애하여 다루어야 한다.

사무실을 이전, 개업하려는데 레이아웃은 어떻게 하는 것이 좋은지?
가게를 오픈하려는데 출입문은 어디에, 카운터는 어디가 좋은지? 집을
이사했는데 아이들 방배치, 책상배치, 벽지 색깔 등은 어떻게 정하면
되는지? 사장실 위치는 어디가 좋으며 책상 방향은 어떻게 놓는 것이
좋은지? 가상학에 따른 좋은 주택의 위치와 금해야 할 위치 등을 알아
보는데 현공풍수가 아주 유용하게 활용된다.

현공풍수 이론을 통해 방위를 정하고, 패철보는 법, 지운연한표, 출

입문(돈이 들어오는 가게 문 방향) 정하는 방법을 알게 되면 창업자들에게 아주 도움이 될 것이다. 그러나 이론이 복잡하고 아주 쉽게 설명한다고 해도 이해하는데 시간이 많이 걸려서 이 책에서는 이 정도로만 소개하기로 하고, 자세한 내용은 다음 책을 기약하기로 한다.

 오랫동안 필자가 풍수를 공부하며 현장답사를 통해 자연의 형세를 깨달으려고 노력했지만 실제로 사용할 기회를 찾기 어려웠다. 그러나 현공풍수는 실생활에 즉시 활용이 가능하며 홍콩, 대만 등지에서 인기리에 적용되고 있다. 또한 현공풍수의 이론과 비법을 알아내기 위해 일생을 바치신 많은 분들의 노고를 생각하면 이러한 풍수비결을 앉아서 얻을 수 있음에 고맙기 그지없을 따름이며 인연닿은 많은 분들과 비법을 공유하여 개운의 삶을 열어가는 데 조그마한 보탬이 되었으면 하는 바람이다. 조금더 공부하고 싶은 분들은 이 책을 디딤돌 삼아 좋은 서적을 만나시기를 기원한다.

참고문헌〉

《우주변화의 원리》, 한동석
《명리학개론》, 백민 양원석
《명리학정론》, 춘광 김기승
《사주첩경》, 자강 이석영
《명리정종정해》, 심재열 편저
《연해자평》, 오청식 역저
《사주정설》, 백영관
《사주추명설》, 백운기
《사주감정실천법》, 신육천
《궁통보감강해》, 이을로
《적천수강해》, 구경회
《자평진전정해》, 우명 서상덕
《명리요강》, 도계 박제완
《명리사전》, 도계 박제완
《가상학 입문》, 전태수
《방위학 입문》, 전태수 편저
《인자수지》, 김동규 역저
《정통풍수지리》, 정경연
《Total feng shui》, Lillian Too
《조선의 풍수》, 무라야마 지준
《침뜸의학개론》, 구당 김남수